Kadokawa Fantastic Novels
すめらぎひよこ
illustration
Mika Pikazo
background painting
mocha
世界啊，臣服在
我的烈焰之下吧
ep.1
我放火燒了魔王城

The Devil's Castle, Burning
By my flame the world bows down

CONTENTS

The Devil's Castle, Burning
By my flame
the world bows down

HO
SEK

世界啊，臣服在我的烈焰之下吧

我放火燒了魔王城

ep.1

すめらぎひよこ

illustration
Mika Pikazo

background painting
mocha

Kadokawa Fantastic Novels

序章 「旅程的終點、世界的起點」

The Devil's Castle,
Burning By my flame the world bows down

這是旅程的終點，也是世界的起點。

「又一時忍不住了呢……」

紅髮的發火少女——焰喃喃自語，但這句話中只含有最起碼的罪惡感。

眼前的魔王城正熊熊燃燒。

傷痕累累的五名少女——正確來說是四名少女與一名少女型機械生命體，正抬頭仰望這幅主題樂園的遊樂設施般超乎現實的光景。

她們仰望的巨大城堡，被夾在阻斷大地般矗立的高聳城牆之間，散發著意圖壓扁目擊者般的威嚴。

魔王城宛如城牆的一部分向外凸起般，以其造型簡明扼要地體現魔王的信念：親自排除危害自身統御國度的侵略者。

「不要說得好像事不關己啊！我是要妳打倒魔王！誰教妳連同整棟城堡一起燒了！」

魔王的信念暫且撇開不談，這座名副其實「固若金湯」的城堡如今面目全非，城主已被打倒，處處有烈焰與黑煙竄出。

「妳毀了貴重的戰利品啊。看到火就嗨過頭的怪癖先治一下啦！蠢貨！」

瘋狂科學家少女——才子激動責怪魔王城縱火犯。

「我也沒辦法啊！就是會忍不住興奮起來啊！」

「再有下一次，我就在妳額頭上穿一個特大號的環喔，妳這神經病！」

「妳說我神經病……！滿腦子人體實驗的人沒資格講我！」

「啊～啊～乳牛女真夠吵的說。」

如此互相咒罵的同時，兩人拉開距離。人品層級至低的極低次元戰鬥，馬上就進入了『毆打對方使其沉默』的階段。

「我生氣了喔。為了全人類的利益，我幫妳燒爛那張髒嘴。」

焰讓自己變得焦黑如炭的手熊熊燃燒。火焰亮晃晃地照亮周遭，高熱使周遭景物顯得扭曲。

「放馬過來啊。看我把妳改造成B級恐怖片怪物，放在收藏室當擺設。」

回嘴的同時，才子揮出造型駭人的短刀。

那並非單純地揮動短刀而已。

刀刃在空無一物的空間劃出裂縫。突兀出現的裂縫之中，黑暗窺視著此處。

下一個瞬間，形狀詭異的手掌自暗黑的狹縫中伸出。造型看上去絕不屬於人類的巨大手掌，按在裂縫的邊緣，發出碎裂聲並緩緩撐開裂縫。

序章「旅程的終點、世界的起點」

就在神祕之物即將從異空間現身時，第三人介入了無益的爭端中。

「不錯喔～！那本人也參戰好了！」

順應一觸即發的氣氛，少女型機械生命體——普蘿特宣言參戰。

「低等生物和本人，是時候該清楚分個高下了。」

她高舉起手臂，嵌在手環上的金屬片散發藍白光輝。

然而，拿出真本事就能毀滅一個國家的少女們之間無謂的嬉鬧，在發生前便止息。

「哦……既然想分個高下——也算在下一份吧。」

「今天先放妳一馬。」

「下次宰了妳。」

「哎呀，妳們撿回小命了呢。」

害怕散發殺氣的暗殺者少女——刃，三人立刻宣告停戰。異空間也慌張關閉。出鞘的刀身與綻放妖異光芒的紅眼，讓三人悄悄挪開視線，不過心裡其實慌得要命。

「真是的……少在哪邊浪費時間。都都美肚子餓了。快點把事情辦完吧。」

「剛才大鬧一場……肚子餓了……」

任憑肚子發出咕嚕聲，生物兵器少女——都都美昭告自己空腹。雖然嗓音輕盈得彷彿即將消失般柔弱，卻顯示了無論如何都要吃東西的決心。

「唉……那就早點把該辦的事情辦一辦吧。女神大人的要求是『打倒魔王』和『拯救世界』嘛。」

「是啊。因為還剩下『拯救世界』嘛。這下終於不再綁手綁腳，能夠盡情拯救世界了。」

少女們似乎百般喜悅，面露笑容。

拯救世界。

這句話背地裡的意思，用不著明說，她們也清楚明白。

該前進的方向已經清晰可見。

「這樣就能盡情燒光所有『不講理』。」

「妳真的滿腦子都是這件事耶。」

「當然啊。我就是這樣嘛。」

「哎，是沒什麼不可以啦。」

徹頭徹尾的自我滿足，無可救藥地貫徹個人本色。離群的少女們試圖以「拯救世界」當作手段，來達成某種虛幻不實的夢想。

「所以啦，首先就來拍張紀念照吧，用燃燒的魔王城當背景。」

才子從口袋中取出智慧型手機。

雖然該前進的方向昭然若揭，但馬上就歪向岔路。

「在失火的別人家前拍紀念照，腦袋是不是有問題啊？」

未免太沒有常識了。

「正好現在有打光，這就是『最佳拍照景點』啊。」

序章「旅程的終點、世界的起點」

魔王城正沐浴於朝陽與烈火的雙重打光之下。

「我才沒見過這麼野蠻的『最佳拍照景點』……」

嘴巴上這麼說，焰卻開始梳理因戰鬥而凌亂的頭髮。

原本就不到一小匙的罪惡感，早已消逝無蹤。

「是說喔，妳怎麼會把智慧型手機帶來啊？」

「現在不用更待何時？我可是為了這一刻，把電量一直留到現在喔。」

她洋洋得意，說得猶如天經地義。

為達成陰險下流的行徑，不惜耗費心力準備，這就是才子秉持的信念。

「真是沒救的人品……」

焰搬出看垃圾般的眼神，投向才子。

「拍好的照片才不給妳看咧。」

「在自己放火燒的房子前面拍紀念照，超讚！」

二話不說收回前言。人品的水準加速度墜落。

「人品真的沒救了啦……」

儘管彼此都覺得自己比下有餘，但任誰都待在底層，根本沒差。

五個人的肩膀彼此相靠，以朝陽與烈火燦然照亮的魔王城為背景，面露微笑。

異世界沒有手段讓這張照片顯影，一旦電池耗盡，便再也無法回顧。

「來，笑一個！」

快門音效響起。

儘管如此，少女們還是以照片的形式，擷取了過去達成的偉業與日後將達成的偉業之間的轉捩點。

「話說回來……花了很長時間才走到這一步呢。」

「是沒錯。」

拍完照片後，懷舊之情突然湧現。

異世界的旅程滿是血腥，絕非康莊大道。

然而當旅程經過自心底浮現，依舊被歸類為快樂的回憶。為了活得像自己，歷經了無數的掙扎。

在熊熊燃燒的魔王城前方，少女們開始回顧旅程的經過。

一章「選錯人的異世界女神」

一章　「選錯人的異世界女神」

The Devil's Castle,
Burning By my flame the world bows down

無邊無際的潔白空間。

一回過神來，穗村朝日就發現自己置身於此。

「……嗯？奇怪？這裡是哪裡？」

少女掃視周遭的眼睛，其中一邊被泛紅的髮絲遮蓋。

空間一片純白，甚至無法分辨有無牆壁或天花板。唯獨腳底傳來的堅硬觸感，告訴她雙腳踩著地面。雖然置身這個令遠近感與平衡感失常的場所，卻以兩條腿穩穩站著，教人覺得不可思議。

該不會這裡就是人家說的天國吧。

少女摸了摸自己的頭。既沒有流血，頭顱也沒有破裂。然而那陣飄浮感與上下顛倒的校舍，仍清楚烙印在腦海深處。

若非異世界，這裡肯定就是死後的世界。

如果抬頭一看，也許會見到神明正俯視自己。她冒出這樣的念頭，不經意地抬頭朝上方投出視線——

一章 「選錯人的異世界女神」

「……………咦？」

方才還不存在的巨大單眼，恰巧與她筆直互看。

對方似乎也吃了一驚，那隻睜大的眼睛眨了眨。

淡金色的眼眸猶如月亮般，雖然詭異卻給人神聖的印象，不知為何並未讓她感到恐懼。

但是這陣類似緊張的視線交會突如其來被打斷了。

「啥？就地獄的入口大廳來說滿乾淨的嘛。正在打掃？」

注意力被粗魯的話語聲吸引的瞬間，飄在半空中的眼睛消失了。

除了自己以外，有四名少女。

每個人穿的大概都是制服。從體格來判斷，所有人都是國中生到高中生的年紀。

不過容貌看起來不太尋常。

剛才開口的少女在眾人之中打扮最花俏，似乎自認會下地獄。既然如此，也許這裡並非天國。

胡亂綁起的偏短亂髮雖是金色，但是從那絕非日本人的五官輪廓來看，大概是天生的。

不過她的打扮惹眼到金髮根本算不上特徵。

首先，撐起樸素黑框眼鏡的耳朵上掛滿了耳飾，而且是看起來攻擊力相當高的尖刺狀耳飾。此外，從制服的領口處可以窺見漆黑的刺青。不知為何還身穿實驗白袍，將雙手插在口袋。

雖然學校教導不可以貌取人，但穗村覺得這案例用外觀來判斷也沒什麼問題。危險人物。絕對不會錯。

正當她目睹疑似危險人物而心生畏懼時，澄澈的嗓音傳到耳畔。

「這裡不是地獄也不是天國。但同樣是與現世隔絕的場所。因為各位都已經死了。」

不知何時出現於該處的第六名少女，回答了少女們的疑問。紮著辮子的金髮與月亮般的眼眸優雅美麗，她身穿寬鬆白袍，口吻與氛圍年幼的外觀相反，顯得格外成熟。穗村覺得很可愛。

「所以咧？妳是死後世界的嚮導嗎？」

耳飾少女立刻回嘴。大概是因為不知畏懼的個性，無論是面對突兀現身的少女，或者是眾人已死的說明，她都顯得不驚不慌。

對急遽變化的狀況不知所措的除了自己之外還有一名少女，她的個頭最為嬌小，而且膚色不太健康。至於其他人都泰然自若。

「不，我是創造了這個世界——若借用妳們的語言，便相當於『神』的存在。雖然和妳們原本身處的並非同一個世界。」

她究竟在說什麼呢？起初雖然這麼想，但穗村憶起剛才掛在半空中的眼睛。

此處的確有超乎常識的存在，眼前的少女也同樣有著月亮般的眼眸。也許「掛在半空中的眼睛」才是這少女的真正模樣。

另一方面，耳飾少女大概是覺得荒謬吧，她一面嘆息，一面打直雙腿，一屁股坐在地面上。

一章 「選錯人的異世界女神」

「所以異世界的神明大人找我——找我們有何貴幹？」

雖然無法理解，但是姑且先聽她說下去。大概是懷著這般意圖，耳飾少女不抱期待地提出疑問。

女神先調勻呼吸，凝視著眾人說道：

「可以請各位從魔王手中拯救我的世界嗎？」

這瞬間，恐怕所有人的思考都暫停了。儘管如此，女神依舊繼續說下去。

「現在我的世界中出現了強大的邪惡——魔王重現的徵兆。要拜託妳們這樣普通的女孩去做這種事，我也於心不忍，但可以請各位打倒魔王，拯救我的世界嗎？」

女神的話語中透出懇求之意。雖然尚未理解當下狀況，還是能理解她是真心誠意的。儘管如此，依然有人並未因此當真。

「這什麼廉價的劇情……又不是B級電影。」

「因為是異世界轉生，真要說的話應該是輕小說吧……？」

由於類似現在流行的異世界轉生型的劇情，穗村不由得插嘴。

「哎，是哪種都無所謂。我這個『普通女生』實在承擔不起。去找別人吧。異世界人的死活又與我無關。」

「說的……也是……」

女神垂下視線。雖然有種想幫她說話的心情，但無法承擔也是事實。區區的女高中生被懇求救世，也不曉得該怎麼做才好。

　　儘管如此，耳飾少女的刻薄態度還是讓穗村有種想說幾句的念頭。不過實際上插嘴的是其他少女。

　　「哦？妳說自己是『普通女生』？看眼神就曉得，這種眼神在下見多了。妳是不把人當人看的人渣吧？看上去似乎是科學家，過去妳究竟消耗了幾條人命？」

　　剛才一直雙手抱胸、保持沉默的少女開了口。

　　少女的狹長眼眸與在後頭部束起的烏黑頭髮格外惹眼，身材較高。口吻彷彿出自時代劇的她，腰間掛著一把武士刀般的物體。現在那銳利的眼神猶如要射殺耳飾少女般直瞪向她。

　　穗村第一次感受到何謂殺氣。

　　空氣緊繃到彷彿能割傷皮膚。

　　「怎麼啦，武士女，消耗有什麼不可以？妳也同樣不把認定為人渣的人當成人看吧……過去斬過多少人了？」

　　她悠悠站起身，回瞪對方。

　　消耗？斬人？她們究竟在說什麼啊？穗村只明白一點——那肯定是日本的黑暗面。

　　「在下沒有特別數過……不過，現在要多一人了。」

　　語畢，她拔出了掛在腰間的武器。漆黑的刀身只反射些許光芒。雖然外觀稀奇，但毫無疑問是武士刀。

　　殺氣與厭惡正面衝突。感覺光是站在此處，就會被緊繃的空氣壓扁。

　　也許是害怕這兩人吧，嬌小的少女躲到穗村身後。

一章　「選錯人的異世界女神」

此外還有一人——戴著造型奇異的耳機狀物體的少女一動也不動，平靜得超乎平常。直到你死我活的事態在眼前上演，女神這才理解了自己的過錯。

「那個……該不會，我搞錯了……？」

「看起來是大錯特錯……」

被她找來的五人。其中至少有兩人絕非「普通女生」這種活潑可愛的存在。很明顯是披著少女外皮的「危險生物」，無庸置疑是錯誤人選。

一步接一步。出鞘的殺意漸漸逼近。在白色地面染上鮮血的紅色前，非阻止不可。

「總、總總總而言之！總之要不要先自我介紹一下！那個……也許只是有些誤會嘛，對吧？」

兩人雖然停止動作，但尖銳的視線轉而刺向此處，令人感覺如坐針氈。

揮別活著的實感，迎來死亡的預感。

無言的壓力彷彿要逼胃液逆流般，毫不留情地刺激著胃部。這樣下去，白色地面會先染上嘔吐物的土黃。

為迴避見血的可能性，情急之下提議的自我介紹。不過出乎意料地，先接受這提議的是耳飾少女。

「哎……真沒辦法……才子。」

耳飾少女嫌麻煩似的搔著頭，如此說道。

「欸？」

「名字啦。名字。」

「才子……啊～原來如此……」

才子（psycho）。這就是所謂的人如其名吧。

「妳自以為懂了什麼！才能的『才』和孩子的『子』，寫作『才子』！我是半個日本人啦！」

「嗚呃！對不起！」

剛才好像無意間說了很失禮的話。

「哎，為了研究，我的確是沒把人當人看……不過，反正實驗用的都是死刑犯，沒什麼不行吧？」

「唔嗯，原來如此啊……可是……」

對惡人行惡在黑髮少女眼中似乎屬於灰色地帶，讓她煩惱該不該定罪。穗村個人認為算是黑色。

「只是在研究時順便給予懲罰嘛，在殺掉之前讓他們對社會大眾有所貢獻嘛。我還希望妳把這歸類在善事咧。」

才子聳了聳肩，看似無法接受惡行這評價。不過這番話似乎也非出自真心，只見她的嘴角愉快地扭曲。

「在下不認為是善事，不過妳說的話也非毫無道理。這件事就暫且到此為止吧。此外，剛才對妳說了失禮的話，在下也必須道歉。不好意思。」

一章「選錯人的異世界女神」

「沒關係沒關係。我剛剛挑釁才該道歉。」

武士少女收刀入鞘。才子的笑容轉為輕佻。

「咦？這樣就和好了？還有喔，妳們剛才說的都發生在日本？」

這段對話從旁聽了只讓穗村納悶。不只「誤會」幾乎都是事實，還有種窺見了日本黑暗面的感受。用死刑犯到底研究了什麼？還有，看起來完全是武士少女被才子給哄騙了。

「在下名為刃。刃物的『刃』。」

「這名字聽起來還真危險啊，喂。」

「這是在暗殺者間使用的名字，這樣稱呼在下比較習慣。」

「欸，妳們是在講日本沒錯吧？」

又是拿死刑犯實驗又是暗殺者的，理解力根本趕不上話題。本來就已經被什麼異世界什麼魔王的奇幻設定搞得七葷八素了，還加上這聽起來煞有其事的黑暗面。

「擺明了就是在日本尋常無奇的女生話題吧。」

「並不是所有女生聊的話題都叫做女生話題喔？」

「哈哈！開玩笑的啦。話說單眼巨乳，妳叫啥名字？」

「巨——！」

穗村不由得舉臂遮擋胸部。

確實自己除了藏起單邊眼睛之外，就只剩胸部比較大這個特徵。雖說胸部比較大，也只是在場眾人之中最大而已，算不上非常豐滿。

「我叫穗村（Homura）……穗村朝——」

「『焰（Homura）』喔？名字比想像中還帥氣嘛。後面的小不點，妳呢？」

「不是啦，那是姓氏……啊，已經沒在聽了……」

雖然試圖解釋，但才子的注意力已然轉移，解釋也隨之半途消失。姓氏被人家當成名字雖然感覺怪怪的，不過聽起來的確有種帥氣的感覺。

哎，也不重要吧。就自稱是焰吧。

「妳的名字——話說妳這膚色，是人類嗎？」

才子一臉納悶地定睛打量對方，被她質問的少女全身躲到焰背後。

「妳怎麼會講這種話！也許她只是皮膚蒼白到看起來像灰色而已啊！一定是惡魔少女之類的！或是黑暗妖精也行！」

「那就不是人類了嘛！」

嬌小少女更加縮起肩膀，低聲呢喃。

「二百……」

「二百？是什麼意思？」

「名字……二百……二十三……」

名字是「二百二十三」？

「個體編號吧？」

才子有所察覺般問。少女將額頭緊緊抵著焰的背，點了點頭。

「個體編號是什麼啊？」

「人型生物兵器開發實驗產物的編號。看這樣子，大概是基因改造技術的生物兵器吧。見到了懷念的東西啊。死個一次也不差嘛。」

才子感慨良多地點頭。

「因為是失敗品，被廢棄了……」

「又用日本的黑暗面潑我～」

死後才得知這種事實，也許反倒算是幸運。如果是在生前得知，肯定會活在對世界的畏懼之中。

不過，即便是這樣的生物兵器，老是用編號稱呼也怪可憐的。

「對了，用編號稱呼也怪怪的，大姊姊來幫妳取個名字吧。」

焰回過頭，握住少女的手。

「真的？」

「真的真的。」

一聽到能擁有個體編號以外的名字，她的表情顯露些許喜色。純真稚氣的臉龐，顏色奇異的眼眸從蓬鬆凌亂的髮絲間筆直凝視著焰。

「嗯～因為是『二百二十三』……對了，就叫『都都美』如何？很可愛吧？」

「因為唸起來同音？也太隨便了吧～？」

金毛很囉嗦。

「都都美……都都美……嗯，都都美！」

兵器少女細細品味這名字般地再三呢喃後，羞赧地笑了。

「請多指教嘍，小都！」

焰展臂抱住都都美，都都美也用手環抱她。都都美纖瘦單薄的身子雖然冰涼，但也傳來一股暖意。

「好了好了，別急著賺人熱淚。還剩一個……嗯？喂，這傢伙也是人類嗎？」

「又在講這種話。講話這麼失禮，會被人家討厭喔。」

「不不不，問題不在這裡啦。妳自己看看。」

焰鬆開雙臂，視線轉向最後一人。

雖然不若都都美，但個頭嬌小，泛著水色的銀髮偏短，給人男孩子氣的印象，是個在這狀況下也鎮定得教人納悶的冷靜女孩。但是，焰滿心只有納悶。

「不管怎麼看都是個可愛女生……不對……？人偶……？」

「我就說吧？」

焰再度重新打量，對方依舊文風不動，也沒有呼吸時的動靜，真的一動也不動。

她探頭仔細觀察那張臉龐。五官的造型非常精緻工整，乍看之下無異於真正的人類。儘管如此，還是有些部分未完全模仿人體。方才看起來柔軟的肌膚，靠近一看似乎顯得硬質，細長睫毛環繞的圓亮眼睛也散發著人造物的光澤，規律閃爍的光芒在眼眸中脈動。

「這究竟是什麼呢？」

一章 「選錯人的異世界女神」

焰輕戳人偶的臉頰。表面柔軟有彈性，但底下的確藏著硬物。

「在更新時戳本人的臉，真沒家教。受不了，低等生物就是這樣……」

「哇啊！」

表情不悅的人偶突然開口講話，焰嚇得往後跳開。

那少女（？）與方才截然不同，流暢輕盈地動作。儘管如此，看起來還是沒有呼吸。

「剛才妳們說的本人都有聽見。自我介紹是吧？本人是女僕型機械人偶的實驗機，還沒有名字。」

「日本到底都在幹嘛啊？」

「居然有仿生人在這時登場啊。這是哪門子的怪人小隊？」

男孩子氣口吻的女僕機器人，屬性未免太豐富了。這麼說來，頭部側面的裝置應該不是耳機吧。至於神氣兮兮的個性更是高分。

「和仿生人又不一樣就是了。哎，無所謂。只要方便，隨便怎麼稱呼都好。」

「既然是實驗機，就叫『普蘿特(Proto)』啦。」

「會不會取得太隨便啊～」

「叫起來也順口吧？」

「妳們開心就好。」

對於一瞬間就取好名字的才子，焰提出異議，想取個更可愛的名字。

「所以說，要這搞笑五人組去打倒妳說的魔王？」

「……呃，是、是的！如果各位願意幫忙，我會很高興的……」

完全跟不上狀況的女神這下終於開了口，漸弱的話語聲明顯透出困惑與不安。

「有戰鬥力的頂多只有刃吧？真的行嗎？」

「如果只是人類，本人也能輕鬆打扁喔。」

恐怖的女僕機器人。

「哦？再加一台殺戮機器啊。不錯喔。」

靠這種成員真的能打倒什麼魔王嗎？

雖然焰自己也不普通，但實在沒自信派上用場。

「我想自己選擇了資質足以打倒魔王的人選。雖然明白這只是我自身的願望，但還是想拯救我的世界。」

「嗯～……哎呀，反正都死了，要去打倒魔王也可以啦。而且好像滿好玩的。」

應該不好玩吧。呃，也許很難說？

「以這種輕鬆的心態接下好像也不太對……我可以相信妳嗎？」

「沒問題沒問題，儘管相信我吧。」

才子以至高的可疑笑臉回答，女神露出有所放棄的表情。希望她能秉持堅強的意志。

「但這種請求可不是妳一開口我就會答應的，總之妳先下跪再說。」

低劣人品展露無疑。至高的可疑笑臉頓時轉變為邪惡笑容，擺在女神面前。

「說、說的也是，只用話語稱不上公平吧……」

一章 「選錯人的異世界女神」

沒想到女神真的聽信了笨蛋的話，壓低身子準備下跪。

「等一下等一下，請先暫停！用不著下跪也沒關係啦！」

焰跑了上去，在女神的雙膝完全落地之前撐起她的身子。

「有些玩笑不可以亂開啦！」

「就是知道不可以，我才會這樣說啊！」

「這個人真的有問題耶！」

未來將困難重重的預感湧現，焰不禁拉高音量。

「我真的很久沒有對人差點說出『討厭』了喔。」

「人不需要活得八面玲瓏。為了守護更重要的事物，招惹厭惡在所不惜！」

雖然才子以演戲般的誇張動作熱烈演說，但焰很明白她只是隨口胡謅。

「妳講這種話只是想唬弄人吧！只是想捉弄人而已吧！」

「欸嘿！」

才子扮了個鬼臉，吐出舌尖。

「這傢伙……！」

焰險些惡言相向。這傢伙是怎樣啦？

「這點小事沒關係的。畢竟我對各位的請求是那麼困難。」

「話是這樣說沒錯……」

難以承擔的選項。即使聽從也對自己沒好處的選項。

焰無法反駁女神這句話。

坦白說，就算下跪懇求也不划算。

儘管如此——

「……就算是這樣，我也願意接受。正好我現在想幫助別人。」

女神的表情稍微轉為開朗。

「哎，反正我對前世也沒有遺憾，而且『打倒魔王拯救世界』聽起來好像遊戲，感覺很好玩……這理由也是其中之一喔？」

「…………」

女神的表情稍微變得陰鬱。

「……其他各位呢？」

「無所謂。在下的人生本就無悔。」

而都都美與普蘿特默默點頭。

「這、這樣啊……」

面對這群有些異常，似乎有所欠缺的少女們，女神對於人選不安的膨脹速度更加提升。

「我確實理解了各位的意志。那麼請打開這扇門。」

女神身旁漸漸漾開一道柔和光芒。在那光芒中，出現一扇純白的門。

「哼，這開場還真隨便。該不會是充滿鯊魚和喪屍的B級片世界吧？」

「有是有……」

一章 「選錯人的異世界女神」

「還真的有喔？」

才子站在眾人前方，一推開門，光便隨之滿溢而出。光芒溫暖而吸引人，亮度不斷增加的光芒包住了五人。

與一群不正經的傢伙們，在亂七八糟的世界上旅行。雖然只有不好的預感，但焰滿心雀躍。

這趟旅程，一定會很快樂。

二章　「老實人的苦難」

The Devil's Castle,
Burning By my flame the world bows down

又一次，回過神來便置身該處。這回的地點是森林中。

溫暖陽光自葉片間灑落，沁涼的風穿過樹林間，送來草木的氣味。當下站立之處似乎是遺跡，腳下是長著青苔的圓形石磚地面，四周有數條傾頹的石柱。

「結果就這樣來到異世界了……」

總之先確認身體和服裝。

「咦？和那時候完全一樣啊……」

雖然死了一次，但自己似乎維持當時的模樣來到了異世界。這算是異世界「轉生」，還是異世界「轉移」，又或者是異世界「召喚」呢？無論分類上屬於何種，來到異世界是不爭的事實。

「聽她說是異世界，我還期待是多奇怪的世界，但這景色真沒特色。這裡真的是異世界嗎？」

聽才子這麼說，焰環顧四周，的確沒有多明顯的異世界要素。理所當然般能夠呼吸，四周有大自然環繞，太陽掛在天空。

二章 「老實人的苦難」

「等一下啦，接下來一定很快就有史萊姆或哥布林之類的冒出來才對。」

焰懷著幾分期待說道。

「不對，起初只會有鯊魚背鰭從草叢中短暫掠過。之後才會有超廉價的ＣＧ鯊魚衝出來。」

「根本聽不懂，而且陸地上怎麼會有鯊魚嘛……」

這個戴眼鏡的笨蛋究竟在說什麼？

不過保持警覺並非壞事，焰繼續掃視周遭。

這時她突然察覺身體傳來細微的怪異感受。雖然不知道這種感受為何，但身體似乎格外輕盈，或者該說充滿了力量。她隱隱約約有這般感受。

當焰的注意力被這股奇異感受吸引時，刃的視線突然轉向遙遠的遠方。

「有打鬥聲。在下先過去了。」

焰凝神傾聽，微微聽見有別於大自然的聲響。

「喂，妳不要一個人擅自——跑得還真快！」

不理會才子的制止，刃縱身竄入樹林，轉瞬間便從視野消失。

超乎常人領域的飛毛腿。也許只是自己不知道，這可能是暗殺者的常識。

當下狀況不明，分散行動有危險。

「嗯～感應器狀況不佳。無法準確偵測生命反應，搞不清楚周遭狀況啊。」

普蘿特連連輕敲著附著於耳朵部位的耳機狀裝置。

出自科幻作品般的名詞雖然讓人雀躍，但現在實在不是這種場合。

「總之我們也趕過去吧！」

「我們就算過去了，也幫不上忙就是了。」

焰等人也拔腿奔跑。

因為剛才身體異樣輕盈，再加上刃的腳程異樣飛快。焰原本以為來到異世界，使得身體能力提升了，但完全沒有這回事。突然拔腿狂奔，令她的側腹開始發疼。

「側腹好痛！」

真想知道一跑步側腹就發疼的原理。

森林中沒有道路。焰幾乎是人生第一次跑在未鋪設的地面上。她從來沒想過跑步時草木會如此煩人。

用盡力氣跑出樹林時，焰見到停在道路旁的布帳馬車。同時也見到好幾具屍體——

「哦哦、哦哦。手腳真快～」

「還有幾個人躲著。自己當心。」

刃凝視著道路另一側的森林中。

她揮刀甩落血漬。血珠被地面漸漸吸收。血泊與沾染布帳的血散發著鐵鏽般的臭味，焰不由得捏起鼻子。

數具屍體之中頭部被俐落斬落的屍身，想必是刃造成的吧。全都是穿著簡陋的男性，大概是盜賊之類的吧。

二章 「老實人的苦難」

其他屍體大概是馬車伕和護衛兵吧。馬車馬也已經倒伏在地，一動也不動。所有人身上都插著箭矢，留有被劍劈砍的傷痕。

看似護衛的男人雖然穿著金屬製的全身鎧甲，但大概是在人數差距下被制伏，根本無從反擊。防禦薄弱的關節部位流著血。

既然護衛只有一個人，表示這裡原本並非太過危險的場所。

「初次戰鬥的對手怎麼會是人啦……沒有史萊姆之類的嗎……？」

過去從未親眼目睹人與人之間的互相殘殺。焰受到了與和平無比遙遠的異世界的洗禮，兩腿一軟癱坐在地上。

「那邊危險。先躲到馬車後面。」

「好、好！」

在刃的催促下，焰終於回過神來。但是當她難堪地趴在地上想爬向馬車時，箭矢已經朝著她射來。

「啊……」

彷彿慢動作播放般，焰看著箭矢（死）朝著自己慢慢飛來。

因為突如其來，她甚至不曉得是什麼正飛向自己，但是她明白映於眼中的物體正朝自己飛來，也明白那將帶來死亡。

但是，即將射中焰的箭矢，倏地停止。

「……咦？」

「一鬆懈就會死喔。」

刃空手抓住了飛向焰的箭矢，技巧超乎常人。

朝著箭矢飛來的方向，刃使勁投出箭矢，回敬對方。箭矢飛來的草叢中傳出男人的呻吟聲，很快就歸於寧靜。

「大概，還剩三人。」

刃環顧四周，但盜賊們似乎屏息潛伏，草叢中並未傳出可疑聲響。

若知道對方的位置，就算遭到反擊也有可能應付，但是既然不曉得，輕舉妄動就是下策。

這時突破當下僵局的，出乎意料竟是才子。

而且還用了最糟糕的方法。

「喂～！你們這樣躲起來，夥伴會寂寞喔～！」

焰沒想到才子會將掉在馬車附近的盜賊首級扔進草叢中。

「咿！」

飛過半空中的頭顱灑著鮮血，從草叢中大概也能清楚看見吧。盜賊們或許是預料到自己的下場，不禁發出了細微的驚叫。

「那裡啊。」

察覺位置後，刃飛身衝進草叢中。

剛才躲藏的男人們同時開始逃走。雖然他們手中拿著十字弓，卻似乎自認敵不過刃，不

二章 「老實人的苦難」

曾嘗試反擊。

「妳的機智太邪惡了吧！」

「哇哈哈哈哈！」

大概是確信勝利讓她開心起來，才子不再躲藏於馬車後方，開始放聲狂笑。狂人的行徑實在無法理解。

「殺吧殺吧！通通殺光！一顆頭都不要留！扒光身上所有東西，值錢的全部搶過來！」

才子的野蠻的號令聲響起，森林中傳出刃造成的屠殺與盜賊們的求饒聲。求饒沒有一句能說到最後。

無法戰鬥的焰只能躲在馬車後方，屏息等候。心臟劇烈蹦跳，心跳聲大到彷彿自己的心臟掛在耳畔。

死亡就近在身旁的恐懼。然而胸口中的劇烈鼓動，並非單純出自恐懼。有種難以名狀的感情正在打轉。

焰試著理解那奇妙感受的真面目時，手觸摸到一股暖意。那是從無頭屍體流出的血泊。不斷流淌的鮮血，已經累積到從馬車的另一側，觸及焰的指尖。

焰連忙自血泊抽回手，用裙子擦拭。緊接著，焰自己也不明白原因，但是她戰戰兢兢地探頭看向馬車下方。也許是只要交給刃就無須擔心的念頭，助長了不必要的好奇心。

焰探頭一看，盜賊頸部的切斷面映入眼中。頭顱被俐落地一刀砍落後，頸部的切斷面清晰可辨。雖然沾染血汙，但焰還是看見了許多細節。

「噁嘔嘔嘔嘔！切斷面好噁！」

焰吐了。四周飄起血腥味與胃液的酸臭味。

「沒、沒事嗎……？」

一起躲藏的都都美輕撫著焰的背。貼心到教焰差點流鼻血。好可愛。

都都美見到屍體也十分鎮定。而且還像是要烙印在眼底般直盯著瞧。也許這出自生物兵器的特質吧？

「啊哈，是怎麼啦？反應好像警探連續劇的新人刑警。想當演員嗎？」

才子訕笑道。

「嗚嘔嘔嘔嘔！這是正常人撞見殺人現場的反應啦！」

見到屍體而嘔吐的模樣有什麼好笑的？

焰心生怨恨，不久後刃回到此處。雖然她剛才斬殺了好幾個盜賊，但敵人噴出的鮮血一滴也沒沾到她身上。

已經不再聽見盜賊的聲音了。

「抱歉喔。雖然本人也想戰鬥，但是有奇怪的雜訊，感應器沒正常運作……」

普蘿特說的奇怪雜訊，與焰現在對自己身體抱持的奇異感受，兩者類似嗎？焰如此思索，但因為不可能得到答案，於是馬上放棄繼續想下去。

「別在意。在下一個人就夠了。」

「喂喂喂，是多虧我天才級的作戰計畫吧？」

二章 「老實人的苦難」

「這個嘛。希望妳下次用妳自己的頭。」

「好了啦～不要搞壞氣氛嘛～」

結束了在異世界的初次戰鬥，所有人都放鬆了緊張時。剛才就不斷細微搖晃的馬車中，身穿全身鎧甲的矮胖戰士從中衝了出來。

「可不能乖乖讓小姑娘幫助！你們這群盜賊，我古鐸夫奉陪！」

短暫的寂靜造訪。

「那個～已經結束了喔……」

「這不可能。對方人數眾多，應該還有人躲在附近。」

焔畏畏縮縮地說明狀況，但是矮胖戰士似乎並不相信，他以手中的沉重戰錘擺出架式。

「已經全部都變成屍體了喔，大叔。」

「不不不，這怎麼可能……」

寂靜重訪。

「……咦？真的？」

所有人點頭。

「難道在我換裝的時候打倒了所有人嗎……真是不可置信……」

戰士掀起頭盔的面罩，露出輪廓豐腴的中年大叔臉龐。

五官雖然算得上起伏分明，但因為身材矮胖，容貌實在稱不上帥氣。

「不過大家都遇害了啊……」

他的視線轉向躺在馬車旁不再動彈的同伴，神色哀憐。自稱古鐸夫的男人舉手按在胸前，垂下視線。大概是這世界的哀悼吧。

「大叔只剩一個人也活下來了。已經算是賺到了吧。」

「這樣說是沒錯……這地方也變成盜賊會出沒的場所了啊。雖想怨嘆世風日下，但自己的無能為力更教人悔恨啊……」

古鐸夫的臉上透出懊悔。

治安狀況變差，也和魔王有關連嗎？

接下來她們必須拯救這個世界。因為一切都事出突然，還沒有自己身負使命的實感。雖然步調緩慢，但那認知在焰心中漸漸開始聚焦成像。

「所以啦，你就提供食衣住和錢當作謝禮吧。還有知識。反正大叔一定很有錢吧？」

「有人會在這狀況下講這種話嗎？」

看來才子似乎是人面獸心。

古鐸夫因為未曾預料在這狀況下被要求謝禮而驚愕，但刃插嘴說道：

「不需要什麼謝禮。我等只是拔刀相助罷了。」

「啊、喂！白白幫忙也太沒意義了吧。我們現在手上什麼都沒有喔？」

不過男人似乎重情重義，表示對陌生人同樣應該報恩。

「不，受到幫助是事實。我會好好答謝各位。」

見男人如此老實，焰不禁為他擔心起來。因為她也明白自己這五人擺明是可疑人物集團。

「……這樣啊。多謝。」

刃畢恭畢敬地行禮。另一方面，因為一切順心如意，才子露出了洋洋得意的笑容。人居然能笑得這麼邪惡。

「不過，我得先幫這些傢伙挖墳才行。雖然想把他們帶回國內埋葬，但現在人數多了，我得減輕馬車負擔。」

古鐸夫表情沉痛，視線轉向屍骸。

「明白了。這部分我們也幫忙吧。」

對此，才子並沒有插嘴多說。

古鐸夫決定在離道路一段距離處挖墳。這裡樹木比較稀疏，也寬敞得足以挖出兩人份的墓穴。

儘管如此還是有問題。就算有適合的道具，挖墳依舊是相當費力的勞動。只能懷著可能會被野生動物挖出來的覺悟，挖個較淺的墓穴。考慮到可能再度遇上盜賊襲擊的可能性，古鐸夫下了如此結論。

……話雖如此，這時普蘿特毛遂自薦要負責挖洞。

「挖洞這小事就交給本人，論力氣應該是本人最大。」

語畢，普蘿特擅自取來了古鐸夫剛才拿的戰錘。焰敢說接下來肯定沒好事。

「那可不是挖洞用的工具喔。況且妳這樣的小女孩也沒辦法使用，還給我吧。」

「哎呀哎呀，希望你別把本人和柔弱的低等生物混為一談。」

普蘿特要求所有人退後，隨即使勁高舉戰錘。緊接著，有好幾條散發藍白光芒的細線自裙底射向地面，將普蘿特的身體固定於地面。

之後，彷彿戰鬥機的引擎聲般高亢尖銳的聲音自普蘿特體內響徹周遭。

「要上了喔～一～二……——三！」

下一個瞬間，普蘿特腳邊的地面隨著低沉的地鳴聲消失無蹤。

焰雖然完全看不見，但普蘿特似乎不知何時已經揮出戰錘，在地面掘出一個大坑。

那衝擊力撼動了旁觀眾人的全身，焰不由得兩腿發軟。

森林的動物們慌張逃竄，吵鬧的鳴叫聲好一段時間包圍在場六人。目睹那超乎想像的情景，人人都睜圓了雙眼。

巨大的坑洞朝天張著大嘴。豈止是兩人份的墓穴，把馬放進去也綽綽有餘的大洞就此完成。順便將掩埋時需要的土也轟飛了。

「本人不擅長瑣碎的作業。剩下的就交給有機物的各位了。」

「這台腦袋裝肌肉的機器……」

才子低聲咒罵，焰難得點頭同意。

挖掘的墓穴也包含了盜賊們的份。這主要不是為了悼念，而是為了避免讓野生動物啃食。

面對沒有墓碑也沒有標示的墳墓，古鐸夫對已逝的夥伴表示追悼之意。

一小段沉默。

「那麼，既然埋葬也告一段落，來談謝禮的價碼吧。」

才子毀了這段沉默。難得默禱時她沒有多嘴，結果馬上就原形畢露。

考慮到古鐸夫的心情，焰除了歉疚還是歉疚，但是眾人剛來到這個世界，論食衣住與資金、知識都十分匱乏也是事實。同時，現在真的是適合提起這話題的場合嗎？這個疑問也確實存在。

「妳真的不會看場合說話耶……」

「『道別』已經結束了吧？那麼就早早來談現實的事吧。反正死掉的傢伙不會再回來了。」

「是這樣沒錯啦，可是妳也可以換個講法……」

「不，無所謂。現在應該關心的，是活著的妳們幾位沒錯。」

先如此說道後，古鐸夫繼續說。

「總之就先來我家住一晚吧。看妳們這身奇裝異服，還有需要食衣住等，妳們大概是旅行者吧？如果時間不長，我能照顧妳們。」

「哎，雖然不完全正確，但之後再說明吧。話說接下來要用走的？」

馬車馬已經喪命。在這狀況下雖然無法抱怨，但還是讓人不禁心情憂鬱。

「不，我來拉馬車吧。儘管跑起來不如馬匹快，不過我還有拉得動五個小姑娘的體力。」

二章「老實人的苦難」

況且馬車和裝備也不能棄置在此。古鐸夫補充說道。

根據他的說明，這也是為了避免馬車和裝備被法外之途回收再利用。一旦高級武器流落到歹徒手上，治安就會隨之變差，因此剛才他卸下了護衛兵與盜賊所有人的武裝。

古鐸夫將原本繫著馬的皮帶纏繞在自己身上，抓住車轅。大致檢查後判斷馬車還能正常動作，於是眾人便搭上馬車。馬車內沿著車廂側面設有座位。

所有人都上車後，馬車便開始移動。搖晃比想像中輕微。

如此程度的重量，古鐸夫只憑一個人拉車，而且還穿著全身鎧甲，見到這情景，焰湧現了置身奇幻世界的實感。雖然場合不對，但是她感到幾分雀躍。

馬車開始奔跑後經過了大概一小時左右，森林的出口終於映入眼中。

就在視野即將轉為開闊時，古鐸夫突然間停下腳步。

「啊～……對救命恩人雖然難以啟齒，但是……讓魔物進入國內就糟了。」

難以開口般，古鐸夫不安地說道。

「魔物？你在說什麼啊，大叔。」

「我是說那邊的小女孩，還有剛才挖洞的妳啊。」

他指的是都都美和普蘿特。都都美是生物兵器，普蘿特則是機械人偶。雖然並非人類，卻被歸類為他說的魔物嗎？

「哦？你說本人是魔物啊？」

普蘿特的眼眸劇烈閃爍著光芒，同時凝視著古鐸夫。

「住手啊，這是什麼？魔眼之類的嗎！」

「啊哈哈。戲弄人類真有意思。」

古鐸夫遮掩臉龐想阻斷視線。普蘿特哈哈大笑。

「小普，照這個狀況來看，妳這樣會更難解釋，別這樣。」

「是～」

這機械人偶基本上似乎與才子一樣，將娛樂放在第一。一行人中我行我素的成員偏多，讓焰對未來感到不安。

「哎呀，實際上是不是魔物並非重點，問題在於會被看作魔物。雖然不曉得妳們出身的鄉下地方是怎樣，但在這裡魔物是被憎恨的對象。萬一被發現可就糟糕了。」

古鐸夫依序看向每個人的眼睛。

「我們長年來和魔物戰鬥至今，很多人對魔物心懷憎恨。」

當然，我也是其中一人。古鐸夫呢喃道。

「那是要我們怎麼樣？剛才的約定是騙人的？」

「先聽人把話說完。雖然我剛才說『讓魔物進入國內就糟了』，但正確來說是『現在這打扮進入國內會出事』。要變裝或其他方法都好，總之得設法遮掩。」

想報恩的心情雖然能理解，但是如此不惜危險也要回報，讓焰覺得有些過頭了。

「……古鐸夫先生為什麼願意幫我們這麼多？」

焰這疑問也是理所當然的。

二章 「老實人的苦難」

「沒什麼，幫助年輕人是年長者的職責罷了。」

話雖如此，古鐸夫不知為何感到憂慮般地垂下視線。

儘管無法推測他為何而憂慮。但可以感受到他的行動有其用意。

「哎，總之變裝就對了吧？」

見到古鐸夫的表情，才子神情尷尬地言歸正傳。

變裝。都都美的問題是肌膚，普蘿特則需要遮蓋頭部。兩人一樣只要能遮蓋全身就沒問題，但尺寸不合可能反而會啟人疑竇。

馬車裡頭除了古鐸夫的個人物品外，還有從盜賊身上剝下的武器防具等。其中應該派得上用場的，只有古鐸夫之前穿的附兜帽長罩袍。

「這件長袍就給都都美穿吧。雖然有點臭，但是能蓋住全身。」

「有點臭這種話沒必要講吧？」

焰將長袍套到都都美身上。只要拉低兜帽，除非有人特地檢查，否則幾乎看不見肌膚。

雖然有點可疑，但也沒其他辦法。

順帶一提，刃用刀裁斷了過長的下襬以調整長度。古鐸夫目瞪口呆旁觀未經許可的剪裁。

「嗯……雖然有點臭，沒問題。」

「欸，有點臭這種話真的沒必要講出來吧？兩個人都這樣講。」

剩下的就是普蘿特的變裝了。

「至於妳，那奇妙的耳飾暫且先不管。眼睛一定要遮起來。就算不是魔物，魔眼還是會招惹厭惡。」

「這不是魔眼就是了……哎，戴上你夥伴的頭盔就行了吧？鎧甲也穿起來就好了吧？」

「是這樣沒錯……不過尺寸不合吧？」

「哎，你看著就是了。」

語畢，普蘿特讓自己的手臂自手肘與手腕等關節部分分解。

但不只是讓各部位分解。各部位之間的連結處，露出了方才見到的成束細線狀物體。

「只是要改變身體尺寸，輕鬆簡單。」

成束的細線伸縮，普蘿特的身體很快就被調整為符合全身鎧甲的尺寸。

普蘿特穿戴頭盔與鎧甲的同時，讓細線也布滿鎧甲內部。

「到底是什麼技術啊……？」

神祕的科技讓焰不禁感嘆。

轉瞬間，普蘿特看上去完全是個穿上甲冑的士兵。她為了確認觸感而活動身體，動作也十分自然。那些細線也許發揮了肌肉般的功能。簡直就像是外骨骼生物般。

「衣服還是金屬製的最好啊。怎麼樣？完美吧？」

「妳問怎麼樣……根本就是魔物啊……妳——妳們究竟是什麼來歷？」

聽他詢問來歷，焰不禁詞窮。就算老實回答「為了打倒魔王，被女神從另一個世界叫到這裡」，也只會讓人傷腦筋吧。

二章「老實人的苦難」

「我們是從異世界來的，為了打倒魔王！」

而才子就是想刁難人。

「妳、妳在說什麼！妳沒瘋吧？」

古鐸夫會質疑才子的理智也很合理。無從證明的事實，當然不可能取信於人。

唯獨才子一人挺起胸膛，擺出充滿自信的態度。古鐸夫以正面角度解釋她那唯我獨尊的乖張。

「……咦？真的？」

雖然沒有任何證據能證明這是事實，但也許是才子太過充滿自信，讓古鐸夫險些幾乎聽信。

「是真的。要心懷感謝啊，我會拯救這個世界。哎，雖然我不曉得魔王是什麼啦！況且幾乎沒說明啊！哇哈哈！」

焰這時才發現，回想起來，女神的確沒有仔細說明過。當時單單憑著氣勢就決心要拯救異世界了。

「這可不是笑話啊，妳們幾位……真的知道自己在說什麼嗎？異世界什麼的暫且不提，居然說要打倒魔王……」

「真的那麼強嗎？」

「那已經超乎強不強的問題了。在百年前的戰爭中，聽說那傢伙獨自一人就能攻陷一個國家。儘管最終是我們勝利，但聽說就連魔王直屬的部下，也沒有幾名士兵能與之抗衡。犠牲非常慘重，根本不可能贏。雖然不曉得是誰這樣告訴妳們，不過在外頭不要跟別人這樣說喔。」

古鐸夫表情緊繃，語氣也嚴肅，但能感受到他是真心為眾人著想。

話說回來，那女神究竟憑什麼判斷她們擁有打倒魔王的資質？不過這話題還是別提比較好吧。

「才子同學，這些事就先別提了吧……」

「咦～？我還想讓這大叔傷腦筋的說～」

「妳的個性真的沒救耶。」

「嘿嘿。」

為何害臊？

「剛才說的都不算數。我們幾個是來自窮鄉僻壤的尋常村姑。多多指教啦，大叔。」

「呃，未免太牽強了吧……」

哪來這種不正常的村姑？

「哎，這種事不重要啦。反正變裝也完成了，就早早前往大叔家吧。離這邊很近嗎？」

「穿過樹林就能看見了，是名叫葛德路西亞的國家。」

「什麼嘛，很近耶。快點走吧。」

「不，先等一下。讓我稍微休息一下。跑了這麼遠，腳越來越沉重了。」

古鐸夫從剛才就氣喘吁吁。

二章「老實人的苦難」

這也不能怪他。他為了預防盜賊襲擊而穿上鎧甲，還讓眾人躲在他拉的馬車上。

「唉～真沒辦法。那本人來拉車吧。我也想早點到安全的地方休息。」

「喔，妳的力氣應該行吧。不好意思，就麻煩妳了。」

普蘿特看不下去，決定接手拉馬車。

馬車在道路上前進的速度，比剛才古鐸夫拉車時還快。

「唔嗯。見到妳們的強韌精神，還有人能代替馬車馬，我漸漸覺得應該把夥伴帶回國內安葬啊……」

雖然這是天經地義的感想，但才子聽了便嘆息並責備道：

「弔念最重要的不是場所而是心意吧？只要大叔將他們銘記在心，那不就夠了嗎？」

「……這倒也是。」

古鐸夫面露憂傷的笑容回答。雖然無法想像失去夥伴的悲傷，但還是能明白他正忍受著胸口中的痛楚。

「雖然她說得好像頭頭是道，但請不要被騙喔。這個人腦袋裡只想著自己而已。」

不過，焰還是想提醒這一點。

才子並未出言反駁，反而擺出裝傻的表情，凝視著焰的臉。讓焰煩躁得必須強忍衝動，否則早就一掌拍在才子頭上。但最後還是忍耐不住，總之先輕輕揍向她的肩膀。

「嘿嘿嘿，有趣喔有趣喔。」

才子一副戲弄人的態度，笑得輕佻。為了把別人當作玩具，不惜付出勞力的狂人言行。

「乾脆把這個反社會人格的傢伙埋在這附近吧？」

雖然多數贊成，但是大家懶得理會才子，於是暫且延後。總有一天應該會實行。焰敢說到時候大家一定也會幫忙。

穿過森林後，在草原的另一頭可見到巨大的石牆，那大概就是城牆，城牆上按照固定間距建有高塔。遠遠看上去也知道相當牢固。

乘著搖晃的馬車車廂，一行人漸漸靠近古鐸夫的國家。城牆周遭被開墾為農田活用，不時有農民好奇地遠眺馬車。

古鐸夫指示的目標是位在正面的巨大城門。

城門設有兩重鐵製吊閘，也有衛兵守門。

當馬車抵達大門，兩名衛兵便靠上前來。兩人手上都拿著槍，身上鎧甲與古鐸夫逝去的護衛相同。

「停下來。上頭坐的是誰？馬呢？」

為了回答士兵的質問，古鐸夫自馬車探出頭。

「是我。」

「原、原來是古鐸夫閣下，失禮了！」

衛兵連忙低下頭。

「話說回來，請問馬匹怎麼了？」

「從任務歸來的途中，被盜賊襲擊了。雖然恰巧有旅行者拔刀相助，但當時護衛已經犧犧牲了。因為我力有未逮……」

「原來是這樣啊。請節哀順變……不過，可以讓我們檢查馬車嗎？畢竟這是我們的工作。」

「沒關係。啊，對了。我剛才說的旅行者就在車上。我想招待他們。」

緊張感頓時湧現。雖然他們沒有對身穿甲冑的普蘿特起疑，但是見到都都美的模樣，有可能會懷疑。如果被當成魔物，下場恐怕不會只是被趕出城門而已。

衛兵掀開了帆布，探頭看向馬車內。氣氛變得更加緊繃。

焰原本想開口打招呼，但覺得嗓音似乎會走調，最後只是僵硬地點頭行禮。

刃默默地壓低視線。都都美則是縮起身子，躲到焰的背後。

另一方面，才子呲牙裂嘴，威嚇衛兵。

「妳白痴嗎！」

焰用力拍打才子的頭。

衛兵的視線掃過每位乘客後，眼神轉為冰冷。焰以為發生了某些問題，但似乎並非如此。

「古鐸夫閣下，我還以為您是位高風亮節的人……」

衛兵說完，發出通過城門的指示。

「等等，這是什麼意思？你是不是有些不妙的誤會啊！」

「唉，氣喘吁吁又滿身大汗的大叔被一群年輕女生圍著嘛，被人家用白眼看待也很正常啦。」

「真的不是你想的那樣！那邊的！拜託看看我的眼睛！相信我！」

乘載著誤會，馬車繼續前進。

衛兵到最後都沒有轉頭看向馬車。

「我只是想報恩而已，為何會落得這種下場……」

找不到安慰的言詞。同時焰也覺得，只要把才子埋了，問題就幾乎能迎刃而解。

「這就先不管了。流了不少汗感覺好噁。大叔家裡應該有浴缸吧？」

才子毫不理會焰的感想，如此說道。

話雖如此，由於發生太多事情而沒有注意到，不過馬車中充斥著汗與血的氣味，嘔吐物的酸臭味也揮之不去，但焰假裝與自己無關。

三章　「想做的事」

The Devil's Castle,
Burning By my flame the world bows down

「啊～幸好異世界也能泡澡。」
「就是說呀～」
「唔嗯。」
古鐸夫宅的傭僕用浴室——五人在此療癒旅程的疲勞。

穿過城門後，首先映入眼簾的是氣氛熱絡的市場。熙來攘往的行人購買陳列在店鋪前方的食材，貿易商人則趕著裝滿商品的載貨馬車前進。
通過市場後，木造民房並排於道路兩側，一律都是抹上灰泥的牆壁與三角形的屋頂。鋪著石磚的小徑穿梭在整齊並排的民房之間，沿著自城門一路延續的大道看過去，在盡頭之處可看見城牆圍繞的城堡。
文明看似算不上進步，但似乎也有這個世界獨特的技術。首先注意到的就是路燈，並非電燈也非煤氣燈，而是某種礦石在發光。充滿奇幻氣氛。

隨著馬車搖晃了十幾分鐘。古鐸夫的家位在沿著城牆的道路旁。

「還真的是有錢人耶……」

焰不由得屏息。

古鐸夫的家是附有庭院的獨棟寬敞樓房。外觀雖然樸素，但是他住的並非先前一路上見到的集合住宅，身分地位的差異可見一斑。

「我不是什麼有錢人，只是因應功績被賜予這棟房子。坦白說，這麼大的房子我也用不上。」

「哦～……這裡今天起就是我們的家了？」

「呃，不是喔！只是房間借給妳們而已喔！」

焰等人一抵達古鐸夫宅，立刻朝著浴室出發。

古鐸夫宅中有傭人在，起初見到古怪的客人而訝異，但是聽了說明後，馬上帶領眾人進入浴室。

雖然並非完全沒有感覺到對方視線中的戒心，卻沒有「萬一被發現可就糟糕了」這般對魔物的深仇大恨。也許這代表了傭人對古鐸夫的信賴之深吧。

目前眾人只見到一名傭人，除了帶眾人來到浴室的女僕外，沒遇到其他人。雖然不曉得這世界的常識，不過就這棟房子的寬敞程度來說，有股冷清的氣氛。

傭人用浴室的浴缸為石製，大小足以讓五個人泡在裡頭還有一點空間。沒有肥皂等東西，也沒有鏡子，單純只是能夠泡澡、洗去汗水用的浴室。

三章「想做的事」

儘管如此，光是能夠泡澡已經教人慶幸。

正當焰讓身體泡在溫熱的水中，享受至福的時刻時，才子突然拋來問題。

「妳那個髮型，是為了蓋住燙傷疤痕？」

聽才子這麼說，焰這才注意到自己在眾人面前撩起了頭髮。她按照獨自入浴時的習慣，將凝事的瀏海往後梳。

焰的右眼附近，有一塊觸目驚心的陳年燒傷疤痕。

燒傷疤痕雖然是焰的自卑之處，但現在才急忙遮掩也不太對，況且才子的眼神視線也非看著奇異之物。焰雖然有些害臊，但是並沒有放下頭髮。

也許理由之一是周遭旁人都奇怪到讓她不會在意傷疤。坦白說，她也沒有多餘的心力能介意。

「嗯，哎，因為有點難為情的理由燒傷了。」

「啥？難為情？」

「那時候眼睛噴出火來，眼睛周遭就燒傷了。」

「難為情的是妳的腦袋。不想說也用不著硬編理由。」

「呃，我是說真的……」

才子傻眼地責罵道。

「哎，比起這個，有其他東西更讓人介意……是吧？」

不被相信雖然讓焰心中留有一塊疙瘩，但是的確比起這件事，更引人注意的問題就擺在眼前。

「也是啦，比起這種事……」

兩人的視線同時轉往——刃的胸口。

「原來妳是巨乳喔？」

「就是人家說的纏胸布吧！」

尺寸在五人之中僅次於焰，並非突然變大。穿著衣服時看起來不怎麼醒目的尺寸，其實是纏胸布壓抑下的結果。

「動作時會礙事。」

「啊～啊，我也好想講這種台詞啊。」

「……無聊。」

對她本人也許無關緊要，不過身為女性當然還是難免會注意。

才子雖然說得羨慕，但是她胸部也不小。話雖如此，似乎還不到讓她本人滿意的大小。

才子半是鬧脾氣般，將兩條腿掛到浴缸外頭。腳踝的刺青清楚顯露。該說是不出所料吧，才子的刺青不只在頸部，手腕與腳踝也同樣有刺青。如同手術痕跡般環繞各部位一圈的刺青。

其他讓人特別注意的是——

「小都還能指望將來！要多吃點飯喔～」

「真的……？」

都都美把手擱在平坦的胸脯前。

不只是胸部，她的身體整體來看纖瘦而單薄。光是見到那體型，就能想見都都美受過何種待遇。

順帶一提，最大的是焰自己，接下來是刃，之後依序是才子、普蘿特與都都美。

大、大、中、小、無。

焰讓都都美坐在自己大腿上，緊緊摟著她。

這時焰突然心生疑問。

「話說回來，小都現在幾歲？」

年齡。不只是都都美。其他三人——正確來說是兩人加一台的年齡仍不詳。

「之前剛滿十六……」

「居然才小一歲！原來小都是高中一年級生啊……」

雖然不曉得生物兵器會上何種學校，但既然她沒有特地否認，要當作高一生似乎也沒問題。

——話說回來，十六歲卻是這樣的體型……

「不，沒關係。這樣反而更好，還是維持這樣最好。」

她再度緊緊抱住都都美，無法否認這回稍微參雜了幾分不純的動機。

「都都美，離開那個性犯罪高風險群～」

「居然是蘿莉控……該不會妳也是用同樣的角度看本人？」

兩人對她投以充斥著輕蔑的眼神，目光猶如看著垃圾般。

無意間產生了悲哀萬分的誤會，焰不願因為這種事而產生嫌隙。

「這是誤會！我才不是什麼蘿莉控！我只是喜歡體格看起來力氣不會贏過我，而且年紀比我小的孩子而已！」

「那不就等於蘿莉控嗎！」

「不一樣啦！男生也在好球帶裡頭啊！」

「那樣更糟糕吧！性犯罪高風險群！」

「做人體實驗的人沒有資格講我！」

每次嘗試否認，就更加自掘墳墓。視線中的輕蔑越來越濃烈了。

明明只要不出手就沒事，但這種道理似乎不管用，使得焰身為性犯罪高風險群的立場更加明確。

「先、先別管我。小普！機械的身體泡澡沒關係嗎？不會壞掉嗎？」

別無其他手段，焰盡可能支開話題。

普蘿特也許有完善的防水功能，若無其事般地泡澡。

「不用擔心。本人的構造可不像地球人造的破銅爛鐵那樣脆弱。」

「嗯……？所以說？」

對方似乎說了些讓人無法立刻接受的話，焰希望她扼要說明。

三章「想做的事」

「若要說得簡單易懂，我是外星機械生命體。希望妳別把本人和地球產的機械（破銅爛鐵）混為一談。哎，雖然外裝是地球人製造的，內部也被動過手腳就是了。」

所謂的外裝指的是能夠看見的部分，似乎是少女造型的外表。也許只要外觀看似少女就夠了，軀幹部分單純只有輪廓模仿人類。

普蘿特開啟了胸部外裝的頸部部位，讓眾人瞧見軀幹內部。裡頭有一顆散發藍白光芒的金屬球被支架固定住。

「這才是本人的本體。」

「好科幻……」

雖然之前就覺得是神祕的技術，真沒想到是外星技術的產物。

「所以說……咦？把外星生命體改造成男孩子氣女僕機器人？日本為什麼老是這樣朝著奇怪的方向一味奔馳啊……？」

罪孽深重。

「不過，謝謝日本把小普打造得這麼可愛。」

焰對著未曾謀面的技師獻上感謝的祈禱。

「噁心。」

結果被才子以語氣平淡的兩個字批評。

「奇怪？雖然是女僕型，可是穿著學校制服耶？」

「為了實際測試，本人在封閉式研究都市內的學校上學。本人本身的運作年數以地球時間計算已經達到三位數，不過學籍上是高中一年級。聽說是為了讓本人學習符合外觀的言行舉止。」

「那就是學妹嘍。」

焰投以笑容。雖然「封閉式研究都市」這莫名其妙的單字直撲而來，但這一點也不重要。學年比自己低，而且又可愛。這樣就夠了。

「這變態讓人不爽耶。不要對本人露出不懷好意的笑容。」

總而言之，普蘿特並非單純的機械，而是與地球生命截然不同的生命體。由於她的生命有其盡頭，才會被女神視為死者吧。

「話說回來，有天才、暗殺者、生物兵器、機械生命體啊，真是多采多姿。」

「自稱天才不害臊嗎？」

「不會啊。是事實嘛。」

「嗚哇～」

焰覺得才子把其他人當玩具的癖好，恐怕就是奠基於自己更優於他人的實感吧。

「話說焰妳是什麼？拜託來點有趣的，比方說魔法少女。」

「我也希望自己像魔法少女那樣可愛就是了。」

如果自己真如魔法少女廣受喜愛與憧憬，那該有多好？

「所以正確解答呢？」

「剛才就說過了，我的身體會冒火，或者該說能夠放出火焰。像這樣。」

焰一瞬間讓火焰包覆右手。所有人瞠目結舌之際，火焰靜靜熄滅。

「……發火能力（Pyrokinesis）啊。」

「好像也有這種稱呼。」

發火能力。被視作一種超能力，能產生火焰。在案例報告中能使自己身體或目視對象燃燒。

絕大多數都是起因自其他現象，只是一種騙術。不過擁有這能力的人確實存在，焰就是其中一人。

「只要我想要就能放出火焰，但沒辦法自由控制，也不曉得能不能用來戰鬥……況且一直冒火也會覺得燙。」

「哦哦~……嗯？像魔法一樣的能力……是魔法少女沒錯嘛！」

「……有、有道理！等等，可是這年紀還這樣自稱，感覺好像有點難為情……」

雖然小時候懷著憧憬，但是魔法少女的年齡上限究竟大概是幾歲呢？大概也沒有一個共識吧。

「妳笨喔？光是有資質打倒魔王就已經不普通了啦，事到如今在乎這個幹嘛？」

這句話讓焰頓時驚覺——

不知不覺間被現實掩蓋的夢想與希望的光輝，再度開始散發燦爛光芒。一想到在這世界也許能用來幫助他人，焰覺得發火能力好像也不差。

對了。這樣想就不覺得難為情。

「……我決定了。」

「啥？」

沒錯，現在也不遲，成為魔法少女吧。

「我要成為魔法少女！」

「幾歲了……果然妳『有資質』啊……」

才子以一副想說「無可救藥」般的表情嘀咕道。

「那妳就不要鼓勵我啊！沒關係啦，不走可愛路線也沒關係。」

她立刻打消成為魔法少女的念頭。最強魔女之類的也可以。

儘管打倒魔王的資質似乎等同於奇異怪人的證明，但就不鑽牛角尖了。

「不過啊……哎，也不錯！旅行就該像這樣！」

魔王討伐隊伍的成員——瘋狂科學家、暗殺者、生物兵器、機械生命體，以及發火能力者共五人。這是什麼隊伍？

「這樣便有三個人能戰鬥了。我就擔任參謀之類的。話說都都美會什麼？比方說作為兵器的性能。」

也許是因為被烙上了失敗品的印記，都都美害臊地縮起身體，以細微的聲音說道：

「雖然……還不太會控制……」

在場所有人靜靜等候接下來的話語。並非單純出自好奇心，而是想對被認定為失敗品的都都美表達願意接納的心情。

三章「想做的事」

「……身體……會噴毒。」

聽見這句話的瞬間，除了都都美的所有人都衝出浴缸。

「對不起，小都。」

洗完澡後，焰對都都美鄭重道歉。把都都美當作危險物般看待，所有人都為此反省。

現在眾人正在古鐸夫宅的客房休息。

因為女僕正為她們清洗唯一一套的制服，她們向女僕借了睡衣。

五名客人待在房內雖然稍微有點擠，不過那是因為房間雖然不大，卻擺了兩張床。因為沒有五人份的床鋪，她們擅自從其他房間搬來了第二張床。蠻橫一如今天遭遇的盜賊。

擺在客房的家具外觀上雖然有些許雕花，但整體造型樸素。儘管對這個世界仍所知甚少，不過也許裝飾工藝不太發達吧。

在這樣的房間中，眾人各自找了個位子。都都美縮起身子，坐在沙發邊緣。

「因為都都美……不知道怎麼說明……」

也許有自己說明不足的自覺，都都美歉疚地垂著臉。

「是我們自己誤會而已啦。小都，抬起臉來嘛。」

雖然說明欠缺到必然造成誤會，但都都美是危險物一事純屬誤會。

都都美說明的只是自身本來的性能。換言之，是她當下未具備的性能。

「該不會這就是被廢棄的理由？關於妳說的無法產生毒素。」

躺在床鋪上的才子如此問道。

「嗯……」

廢棄，換言之就是撲殺處理。她說自己是失敗品而遭到廢棄，理由則是為發揮生物兵器性能的器官機能不全。

「好像……有製造毒素的器官……他們說……沒有產生毒素……可是只有再生能力……比正規品還要高。」

大概是不習慣說話吧，她斷斷續續地解釋。

「嗯～……雖然想幫妳解決，但是沒有器具也沒有研究資料啊……」

「原來才子同學也會為了別人而行動啊。」

順帶一提，才子和刃都是高中三年級。焰被狂人學姊與非人學妹夾在中間。

刃因為和才子同樣被列為狂人而受到打擊，但至少就一般日本人的常識來看，遇到惡人就毫不留情拔刀斬殺，可歸類為狂人的領域。

「我只是用盡全力享受一切。只要都都美成為合格的生物兵器，一定很好玩吧？」

「理由遠比想像中沒品。」

雖然並未超乎預料，總之才子為了其他人行動，主要還是為了自己。焰覺得她差勁透頂的同時，不知怎地有點安心。

「既然大家都幸福，沒什麼不好吧？都都美也想成為合格的生物兵器吧？」

三章「想做的事」

「嗯……」

「妳看吧。大家一起幸福嘛？」

「如果小都覺得好，我是沒意見啦……」

雖然有些難以接受，但是動機和經過也許一點也不重要。

「難得復活了，不好好享受就浪費了吧？況且喔，只為了拯救陌生世界就願意賣命的傢伙才是瘋子吧？」

「我自己也講過『好像遊戲一樣很好玩』，是沒資格講妳什麼，不過這種心態真的好嗎……？」

現在得知了這世界當下的狀況，開開心心完成任務感覺也不太對。

「妳想太多了啦。要大大方方去做生前想做的事情也好，尋找其他新的目標也罷。只要最後結果是打倒魔王，女神也無法挑剔吧？」

這樣說也有道理。

「……也對，這樣一來女神大人也不會有怨言吧！」

焰禁不起誘惑。

「妳太好騙了，會讓人擔心耶。隨便講講而已，不要當真啦。」

「那妳就不要哄騙我啊！」

才子表情嚴肅地表示擔憂。真不講理。

「對了。難得有這機會，大家來說出自己想做的事嘛。萬一在關鍵時刻才內鬨可不是鬧著玩的，先彼此瞭解一下吧。首先是刃，妳最恐怖。」

嘴巴上說恐怖，但態度仍不改輕佻。雖然不懂她究竟是不想被殺還是想找死，但是就連遇害的危機似乎同樣讓她愉快。

話雖如此，儘管才子一副無所謂的態度，意見本身倒是十分有道理。

彼此都持有殺傷能力，或者是將來可能持有的狀況下，內鬨當然可能演變成互相殘殺。為了避免這種慘劇，很明顯有必要事先理解彼此的堅持，建立最起碼的理解。

「在下只要能斬殺惡人就夠了……話雖如此，這世界的『惡』究竟為何，目前還不清楚。在下暫且先不求除惡，而是斬殺在下認定的『惡人』。」

刃倚著牆壁，一眼也沒看向眾人，逕自說道。內容其實還滿嚇人的。

「根本是恐怖分子嘛。」

「隨便妳說。」

聽起來那並非追求正義，而是單純以斬殺惡人為目標。然而從中也感覺不到為了取樂而殺人的嗜虐性，感覺像是除了誅殺惡人之外一無所知。

「果然妳這傢伙最恐怖。總之我的目標就是在不被刃殺掉的範圍內找樂子吧。好啦，下一個都都美。」

主持人理所當然般地指定發言。都都美一瞬間僵住，但還是畏畏縮縮地開始吐露話語。

「都都美……想成為合格的兵器，為大家派上用場……」

也許是因為身為生物兵器，又或者是受過如此教育，都都美對於成為兵器抱持堅定的意志。

「小都只要待在這裡，就讓大家幸福了喔～」

聽見都都美惹人憐愛的決心，焰抱緊了她。絕非看準了抱緊處理也不會挨罵的時機，但她覺得這時應該沒問題。

「喂，刃，壞人就在那裡喔？」

「欣喜吧，焰，妳就是值得紀念的第一號。」

刀身出鞘時教人心底發寒的聲響，一把抓住了焰的心臟。

「我一點也不開心啊！」

焰猛然跳開，躲到沙發後方。

「玩笑罷了。不過妳也該知道分寸。」

刃收刀入鞘。

「這玩笑對心臟很不好……」

才剛泡過澡的身體頓時渾身發涼。今後疼愛都都美要慎重一點。

「話說普蘿特，妳呢？」

「本人沒什麼目的。只是跟著大家一起去，做自己能辦到的事情。」

「毫無主見～」

大概是期待著有趣的回答，才子表示不滿。

「我們之間也有社會階級之分。本人是低階核心的個體，基本上就是為了執行指示而存在的。要聽從低等生物雖然讓人有些不服氣，但本人本來就擅長服從，而且也輕鬆。」

「機械生命體也有辛苦之處啊。」

「很辛苦的。」

雖然聽不懂兩人在談什麼，但焰只明白了一點。

「咦？意思是我只要拜託妳，不管什麼事妳都會做？」

「喂，刃。」

「唔嗯。」

刃再度拔刀出鞘。

「我什麼都還沒拜託她啊！」

「總之這個變態還是隔離起來比較好吧？」

「不好！我想跟大家一起！」

但焰有自信如果將要求說出口，鐵定會被刃一刀砍死。

「話說妳呢？妳想做什麼？要慎選言詞喔～？」

「不用操這種心啦！」

才子究竟以為會聽見何種回答？

「我……」

焰欲言又止。

並非大肆表明犯罪慾望的衝動令她躊躇，只是卑微的動機，以及陰鬱的記憶在礙事。

三章 「想做的事」

「我……只是想幫助他人而已。」

「……應該不是因為想當乖寶寶吧？」

也許是那心願聽起來太過淺薄，才子進一步追究。

「真不想說耶……」

請不要覺得噁心喔？先這麼聲明後，焰開始吐露心聲。

「我想向自己證明，我和我討厭的那些傢伙們不一樣，好讓自己安心。」

死前的記憶湧現。

空洞而徒具表面的善人姿態。明明與好人相距甚遠，卻誤認自己善良。

「我討厭以正義之名貶低別人的傢伙們。所以就算是偽善也好，我想做好事。很蠢吧？不過，唯獨這一點，我儘管孤獨也沒有改變過，就算會死也不想改變。」

雖然不想說，但焰以毅然的態度聲明。

暴露自己低俗的部分教人內疚。雖然內疚，但是焰覺得表明自己的心聲，也許能增強與才子她們之間的關係。

焰也理解這是一廂情願的同伴意識。儘管如此，遇見了讓自己萌生這種意識的對象，還是讓她欣喜。

「原來……妳是邊緣人啊，好可憐。」

「不用強調這部分！」

方才不禁感性起來的自己讓焰感到害臊。

「這不能怪我吧！聽了身體會冒火的傳聞，不管誰都會退避三舍吧！況且才子同學一定也沒朋友吧！」

短暫的寂靜。

「……還真的沒有！」

順帶一提，在場全員都沒有朋友。

「這是命中註定吧。」才子說道，五人的相遇讓她愉快地笑了好半晌。

乍看之下，五個人的來歷大相逕庭，卻有奇妙的共通點——每一個都是邊緣人。

果不其然，這趟旅途也許真的會越來越有趣。

對旅程的期待在焰的胸口油然升起時，敲門聲響起。

「打擾一下喔，妳們幾個。」

從稍微打開的門縫，古鐸夫探頭看向房內。

「喂，不要隨隨便便就進我們的房間。把你的贅肉扯下來喔。」

「呃，這裡是我家——呃、啊啊啊啊啊！那邊那張床不是我的嗎！」

剛才掠奪的床鋪是古鐸夫的床，雖然眾人本來就心裡有數。

與家主經過一番口角後，靠著才子名為說服的哄騙，眾人確保了床位。古鐸夫今晚好像要睡自己房間的沙發。恐怕日後也會如此。

「話說你跑來應該是有事吧？」

「……差點忘了。我有話要跟妳們說。」

三章 「想做的事」

爭奪床位的攻防讓人差點忘了，古鐸夫原本是有事才造訪這個房間的。

「要說教？」

「就算說教妳們也不聽——不，只有妳一個吧。」

「當然！」

堅定的回答、陽光的笑容。

「真沒見過這麼讓人不爽的笑臉……」

即便是古鐸夫也只能嘆息。希望他秉持堅定的意志。

「哎，算了。言歸正傳。妳們的最終目的是打倒魔王，對此我不會再多說什麼。不過，既然妳們要和魔物戰鬥，就一定要加入衛盾隊或殲劍隊。」

「你說的衛盾隊和殲劍隊又是啥？」

幸好有才子在這種狀況率先與對方交流。

「兩者同樣會與魔物正面交手，但衛盾隊駐守在葛德路西亞周邊，負責守護據點，擔任人民之盾。另一邊的殲劍隊職責則是因應要求遠征，成為殲滅魔物的劍。」

「所以要我們進殲劍隊？負責防衛據點的衛盾隊沒辦法自由行動吧？」

「理解真快。魔王不一定會親自攻打過來。會被派遣去討伐魔王的，恐怕還是殲劍隊吧。哎，加入衛盾隊慢慢累積名聲也是一個選擇，不過該怎麼說，那恐怕不太容易……」

從他遲疑的口吻中，可以察覺大概有其難言之隱。雖然理由還不清楚，但是焰覺得大概只能接受。

「衛盾隊除了戰鬥技能……人品也是重點。」

「嗯，不行啊。」

「就是說嘛！」

就連一瞬間都不需要，五人便理解絕對辦不到。沒有一人擁有高潔的人品，打從一開始就不存在選項，擺明了唯獨一條路可走。

「哎，而且也有外觀不方便被看到的傢伙，盡量別在城鎮逗留比較好吧。」

「我並不懷疑各位的正義之心……但是對人民而言，刺激稍微強烈了些。」

雖然話說得非常委婉，但說穿了就是『瘋子不要靠近居民』。焰也很能理解他的心情，非常明白。

「你放心，根本就沒人有什麼正義感。」

才子大刺刺地說道。

「用不著謙虛。事實上我已經受妳們所救。如果那不是正義，又算什麼？」

古鐸夫以正氣凜然的眼神掃過焰等人。

雖然想否認，但的確不是出於正義感。就連自稱想幫助他人的焰，在這方面也是其他心情更加強烈。那就是——

「不不不，我是說真的。是因為好像很好玩，才想打倒魔王。」

——好像會很開心的心情。

「唔嗯。看來比想像中更有殲劍隊的資質啊。」

三章 「想做的事」

殲劍隊似乎是危險分子的隔離區。

「如今我才後悔似乎邀來了超乎想像的客人，不過先談正事吧。不管要進哪個隊伍，入隊測驗是共通的。測驗每個月會舉辦一次……」

古鐸夫說到這裡暫且打住，板起臉繼續說道：

「不過，事情總是有先後順序。在接受測驗前該做的事情堆積如山。細節之後再談，今天和明天就好好休息吧。特別是明天，待在家裡放鬆身心比較好。不，妳們就待在家裡。不可以離開家門喔。絕對喔！」

雖然聽起來完全是伏筆，但才子一派冷靜地回答。

「好啦好啦。我們才剛來到異世界，明天也想好好休息啦。」

才子睡意濃重，打了個呵欠。

玻璃窗外早已經是一片夜色。

一想到已經入夜，疲勞便頓時撲向焰。短短半天內就經歷了死亡、異世界轉移、參觀屠殺，這也是正常反應。

「明白就好。那麼就晚安了。」

古鐸夫留下這句話，自房間離開。

經過討論後，每個人分配到各自的床位，除了坐在沙發上睡覺的刃以外，其他四人都睡在床鋪上。

「那就睡覺啦。」

熄滅燈光，五人為了療癒疲勞而就寢。

不知是誰的平穩呼吸聲傳來時，焰仍未入睡。

雖然經歷太多事情讓身心都疲憊不堪，但還有一件事縈繞在心頭。

那就是自己想做的事。

想幫助他人的念頭絕非虛假，討伐魔王好像很好玩的心情也是真的。焰自己如此說過，也不覺得自己說謊了。

儘管如此，疑問仍然揮之不去。

焰還記得自己死前，有種非常強烈的欲求湧現心頭。

但是，那欲求究竟為何，這個關鍵之處模糊不清。

在異世界想做什麼？對討伐魔王有什麼感想？在這些問題之前，應該有個更重要的念頭。

難道那念頭從破裂的頭顱中溢出，被棄置在地球上了嗎？

疑問猶如空氣般自指頭間流落。

自己真正的想法究竟為何？自己的真心究竟向著何方？

位在心底深處，真正想做的事情。

「是什麼啊……？」

焰獨自嘀咕道。

四章 「魔法火焰（燃燒瓶）」

The Devil's Castle,
Burning By my flame the world bows down

隔天——

「各位觀眾，現在我們來到了測驗會場！」

不出所料，她們當然不會悠哉休息。

「那種綜藝節目的台詞是怎樣啦？」

「因為我開心得受不了啊。果然他說的測驗今天就有嘛。」

一行人無視忠告，偷偷溜出了家門。雖然焰早就猜到會這樣。

人家說絕對不要去做的事情，絕對非做不可，這已經是堪稱傳統的橋段。

順帶一提，萬一引發騷動就糟糕了，都都美和普蘿特看家。

「哎，好玩這點我是不否認啦……之後會挨罵喔？」

「有事我來扛，儘管放心。」

才子異樣地可靠。當初對這份可靠多加提防就好了——焰之後將如此後悔。

鎮上展現不同於昨天的熱鬧氣氛。雖然同樣是熱鬧，不過與其說是和平時的活絡氣氛，更近似興奮的狂熱。

而理由就是入隊測驗。

路上人流最後匯聚之處，是一座巨大的石造建築。那座猶如鬥技場的建築，人稱練兵場。

雖然名叫練兵場，但似乎不只是士兵鍛鍊之處，同時也能將入隊測試當作鬥技大賽觀賞，有其娛樂設施的一面。也許感覺就類似觀看運動賽事吧。

情緒昂揚的人流注入練兵場的入口處。

「只是參觀而已吧？」

「嗯啊！」

一如往常的笑容。

才子以參觀測驗的理由把她帶到這裡，但焰有種不好的預感。

「不，看到妳這笑容我就懂了。妳到底想幹嘛？應該不是想參加測驗吧？」

「嗯啊！」

如同故障的機器般重複同樣的反應，沒有分毫可信的要素。

嘆息無止無盡地脫口而出。

「拜託刃同學也幫忙說說她啊。」

「在下認為她不至於那樣魯莽。」

「真的假的……」

除了不安還是不安。不過，如果她真的想亂來，刃應該會出手阻止吧。

四章 「魔法火焰（燃燒瓶）」

才子唯一會害怕的刃就在身旁，減輕了焰的不安。

「開玩笑的啦，只是鬧妳一下。好了，動作不快一點會占不到好位子喔。」

「請不要開這種分不出來的玩笑啦……」

焰被才子硬拖著一路來到入口處。

才子走向觀眾用而非士兵用入口，讓焰安心了。這下真的安心了。

走上樓梯進入練兵場內部後，她發現內部構造猶如羅馬的鬥技場。

廣大的橢圓形場地宛如田徑競技場，階梯狀的觀眾席則環繞著競技場而設置。練兵場最上層設有遮陽棚，沒有想像中炎熱。觀眾席的最前排似乎是貴賓席，穿著華美的觀眾悠然坐在該處。

焰等人當然無法在那種好位子觀戰，但是運氣好占到了競技者出入口的正上方，也就是眼前沒有其他觀眾的位子。雖然實際上是其他觀眾紛紛走避，才讓她們能挑喜歡的位子。

「氣氛真熱烈耶。」

眾人無不興奮，為了即將在眼前上演的熾烈戰鬥雀躍不已。

「想必很有意思吧……啊，糟糕。早知道就把手機帶來。這樣就沒辦法給看家的看了。」

「算我求妳了，請盡量低調一點，現在已經被當成奇珍異獸了耶……」

焰悄悄掃視周遭，發現三人成為了奇異目光的焦點。

……明知如此，才子卻猛然站起身，高聲演講。

「混帳東西！低調過活算什麼人生！如果想活得像自己，就要抬頭挺胸對世界打招呼說：『老子就在這裡！』跟我一起說！Hello world！」

「啥？妳沒聽說過多樣性嗎～？世界上也是有人想平靜過活的喔？不起眼也是人生～懂不懂啊妳？」

焰也激動起來，站起身。

「喂。」

然而，就在低次元的辯論即將上演之際，刃銳利地打岔。

「對了，刃同學也請幫忙說句話——」

「很醒目喔。」

焰頓時驚覺，環顧四周。

周遭的觀眾們有的大笑，有的起鬨，似乎把兩人的鬥嘴當作表演的一部分。

焰面紅耳赤地坐下，另一方面才子則是繼續炒熱氣氛，沐浴在歡呼聲中。

「蠢貨。」

「對，我是蠢貨……」

一被挑釁就反唇相譏，完全被才子牽著鼻子走。這份愚昧被評以簡單的「蠢貨」一詞。

焰硬是讓仍在騷動中心的才子坐下。

「夠了啦。妳是有多愛出鋒頭啊……！」

「有必要暖場吧？」

四章 「魔法火焰（燃燒瓶）」

「沒有啦！這種必要性！」

焰使勁拍打才子的大腿。

恰巧就在這時，在觀眾席最後一排，高出一階的座位上的男人開始放聲演講。仔細一聽似乎是測驗競賽的開場致詞，那男人似乎就是測驗的主持人。

「紳士淑女們！誠摯歡迎各位來此——！」

也許是魔法的效果，那聲音來自四面八方，籠罩全場，頓時炒熱場內氣氛。

「哦，要開始了，要開始了喔！」

男人高聲說明本次戰鬥的主旨與規則。

根據他所言，受測者的實習兵會與擔任測驗官的熟練兵戰鬥，以其戰鬥表現來判斷是否合格，但是沒有必要戰勝。

同時也宣告戰鬥並非一對一，而是小隊戰。大概是考量到貼近實戰的情境吧。

接下來便開始介紹第一場競技的競技者——實習兵、與之交手的熟練兵的名字以及其經歷，每次都讓會場氣氛更加沸騰。

賽事過程令人為之震懾。

焰不禁屏息。

聽說熟練兵相當保留實力，但是裝備與動作顯然超乎常人。

穿上全套板甲的戰士揮舞著長如身高的巨劍。弓手的射擊精準命中快速移動的對手。

實習兵則勇猛果敢地挑戰。當然被砍了也會受傷，也會因為攻擊的衝擊力而昏厥。

「被那種東西直接打到會死掉啦……」

「我是不曉得會不會死，不過某種程度上應該沒問題吧。妳看，出入口也有人在待命。那些傢伙就相當於遊戲裡的補師吧？」

才子揚起下巴示意方向，有幾名神職人員打扮的女性站在該處。

比賽一結束，她們便走向參賽者，口中唸唸有詞。只見參賽者身上的傷勢迅速治癒。

「好神奇喔！好奇幻喔！」

「不要一遇到奇幻要素就興奮啦！煩都煩死了。」

在發射光彈的攻擊魔法登場時，焰的奇幻狂熱也抵達最高點，但在她出聲前才子不由分說賞了她腹部一拳，順利使之沉默。

快得嚇人的腹擊，焰一點也看不穿。

「接下來就是最後一組了耶。」

但是就在主持人介紹完最後一組時，事件發生了。

「那麼，我們也該走啦。」

「唔嗯。」

「咦？要去哪裡？」

話一說完，才子便若無其事地從觀眾席突然跳進競技場中。

「等一下，才子同學！妳想幹嘛——咦？」

不知不覺間，焰已經被刃抱在身旁。

四章 「魔法火焰（燃燒瓶）」

「刃同學，這不是真的吧……？」

「昨晚在下說過『能斬殺惡人就好』，對吧？」

「對啊，刃同學……所以希望妳把我放下來……」

「在下要食言了。」

出乎意料的突擊。刃也是會亂來的那一方。

刃把焰攬在身邊，自觀眾席縱身一躍。

「嗚哇啊啊啊啊——！」

會場因為突然有人亂入而氣氛沸騰。焰的慘叫徒然被響亮的歡呼聲掩蓋。

「抱歉了，牽連到妳。」

「唉……反正一定是才子同學跟妳講了些有的沒的吧？我也知道啦……」

「多謝妳的諒解。在下對比試實力起了興趣。」

焰放棄爭辯，與才子兩人一同走向競技場中央時，喊叫聲從背後響起。

「喂！等等！妳們幾個是什麼人！」

轉身一看，最後一組受測者追了上來。

隊長身穿全套鎧甲，裝備是長劍與鐵盾。

披在鎧甲上的罩袍是優雅的藍色，就實習兵來說裝備十分豪華。開啟的頭盔面罩露出一張精悍的青年臉孔。剛才主持人介紹的名字好像叫「阿雷斯」。

「沒什麼啦，只是路過的女高中生，想要入隊。」

才子擺出那張她最擅長的乖張表情，開口說出惹人生氣的話。

雖然是女高中生沒錯，但是焰覺得自稱「人渣垃圾」比較貼近實情。

「妳在說什麼莫名其妙的話！」

這回是站在阿雷斯後頭的少女責難道。她身穿長袍，拿著手杖。看起來完全就是個魔法使。焰的興奮指數無聲升高。

另外兩人也拿著斧槍與巨弓，不過裝備不如剛才這兩人高級。

「別這樣，莉安。雖然看似胡鬧，但似乎並非尋常角色。」

「可是，阿雷斯大人……」

從大人這個稱謂來看，對方果然出身於地位較高的家世吧。

對這群人，才子提出了卑鄙至極的交易：

「你們現在有兩個選項。第一，無條件把出場機會讓給我們。第二，和我們戰鬥爭奪出場機會。好了，快選吧。」

「說什麼蠢話？這種事任誰都不會容忍。」

「不理會我們這些亂入的也沒關係啦，我可不曉得掃興的觀眾會怎麼說喔？」

「什……！」

會場的狂熱來到最高潮，充斥著對即將上演的戲碼的期待。特別是剛才見到焰與才子舌戰的觀眾特別興奮。

四章 「魔法火焰（燃燒瓶）」

拒絕提議這條路已經被封死了。

實際上，主持人並未安撫觀眾們的情緒，反倒是順勢炒熱氣氛。看來殲劍隊選拔非常適合當作娛樂。

「『人品』這個字眼妳曉得嗎？」

「第一次聽說。」

焰希望才子能學會的頭號事物，那就是人品。

不過這提議實在過分。

「咕……怎麼可能未經戰鬥就拱手讓人！」

阿雷斯等四人氣憤地喊道，舉起了各自的武器。

「如果你們算得上對手，也是可以啦。喂，刃。」

「唔嗯。」

焰以為刃也要舉起武器，但她只是靜靜閉起眼睛。

見狀，阿雷斯等人提高戒心。

閉目的刃先是深深吸氣——隨後銳利地瞪視四人。

這瞬間，彷彿短刀直抵著咽喉般的錯覺襲向眾人。

那是殺氣。

光是殺氣，就讓人清楚感受到栩栩如生的死。阿雷斯等人雖然勉強支撐，焰卻是頓時兩腿發軟。

不只是場上的阿雷斯與焰等人，會場整體一瞬間鴉雀無聲。

刃的眼睛絕非戰士的眼神。

而是過去一味斬殺他人的，劊子手的眼神。攀附在其視線上的死亡，多得教人毛骨悚然。

四人一步也動不了，一句話也說不出口，只能站在原處。

「看、看來……參加競技的隊伍是亂入的少女們！」

見到四人戰意消散，主持人像是突然回想起自身職責般宣言。會場再次盈滿了狂熱的歡呼聲。

「呼……要釋放殺氣也滿累人的啊……」

「辛苦啦。」

「太過火了啦！真是的！」

焰眼眶泛淚，不忘抗議。

背對著會場的狂熱氣氛，四人滿心懊悔地離去。焰誠心希望他們下次測試好好加油。還有可以的話，真想和他們一起離開會場。

「沒見過妳們幾個啊，但好像是真材實料。」

身穿牢固全套鎧甲的壯漢開口說道。他手中拿著人稱「戰錘」的巨大棍棒，魁梧的身體加上巨大的武器，以及渾身散發的穩重氣氛足以震懾一切。

「我們幾個是古鐸夫的愛徒，有什麼問題就去找那個大叔問。反正他已經說了：『責任

四章　「魔法火焰（燃燒瓶）」

我來扛，用不著客氣，儘管大鬧一場！』」

「啊哈哈！那傢伙居然會幹這種有趣的事！我中意！」

當然了，他並沒有這麼說。

「妳曉得『人品』這個詞嗎？」

「第一次聽說。」

第二回的第一次聽說。

「之後絕對會挨罵喔……」

究竟想給人家造成多少麻煩才甘願？

雖然覺得古鐸夫很可憐，但焰馬上察覺自己也站在相當可憐的立場，陷入自我厭惡。真想要更多力量，用來反抗無可救藥的笨蛋。

「話說要怎麼戰鬥才好？連武器都沒有……呃，就算有武器，也不懂怎麼戰鬥啊。」

刃以外的兩人赤手空拳。更何況焰只是個尋常女高中生，戰鬥這種行為也是頭一遭。

再加上發火能力不受控制，焰不覺得能用在戰鬥上。她無法發射火焰彈，或是使遠處的目標燃燒。

焰以為才子大概也半斤八兩，但她不知何時已握著短刀。那是盜賊之前使用的短刀，看來是她偷偷拿來的。

「啊，好詐喔，只準備自己的！」

「妳放心，我就賜予妳這個吧。」

也不知才子是怎麼藏在身上的，她從白袍底下取出了**某物**。

「拿去。**這個**，妳知道是啥吧？聽到我叫妳丟，就扔出去。」

「呃，等一下，這個未免太……」

雖然知道那是什麼，但是對焰而言——不，不管對任何人而言，都是印象不太好的道具。

「怎麼啦，小姑娘。要用那種東西戰鬥？」

相異於重裝戰士，另一名手持雙刀的男人譏笑般說道。與戰錘戰士不同，他身上只穿著保護要害的皮革防具。男人下巴長著落腮鬍，神情滿不在乎。

「那種東西」——男人口中的這道具，是個開口塞著布的瓶子，裡面裝著液體。不需要確認也知道，具有可燃性。

——沒錯，那正是燃燒瓶。

才子究竟是怎麼弄到手的？

「這個實在不太妙吧……？」

儘管有人能幫忙治癒傷勢，但焰內在的倫理觀念正警鈴大作。

雖然焰仍不知所措，但主持人似乎認為她已經準備好武器，竟然就這麼發出了比賽開始的號令。

「那麼，比賽開始！」

還真的開始了。焰只能硬著頭皮戰鬥。

四章 「魔法火焰（燃燒瓶）」

「刃去對付那邊的。」

「唔嗯。」

刃的對手是拿戰錘的重裝戰士，焰與才子則與手持兩把彎刀的輕裝戰士對峙。

刃展現了獵殺盜賊時一度展現的飛毛腿，飛快逼近戰錘戰士。

視覺幾乎跟不上速度──但男人來得及反應。他朝著刃揮出手中戰錘，一陣沉重的破空聲響起。一旦擊中，想必不會只是骨折就了事。

刃千鈞一髮之際躲過，順勢向後跳開。

「看來比想像中棘手……不過死鬥真有意思啊。」

輕薄的武士刀不適合應付身穿牢固甲冑的對手。

儘管如此，刃的嘴角卻微微上揚。

在這一個閃失就可能送命的狀況下。

另一方面，才子單手持短刀，悠哉地靠近雙刀戰士。

對方也並未認真擺出架式，朝著她靠近。就在一個箭步就能鑽進對方懷裡的距離，兩人停下腳步。

「我就直說了，小姑娘看起來不強。我看八成是想爭取時間，等那邊的女孩過來吧？測驗可沒有簡單到仰仗別人就能過關喔。」

「很可惜，猜錯了。我會親手宰了你。給我感激涕零吧。」

「那還真是光榮──啊！」

男人話還沒說完，便朝著才子的脖子揮刀。

但是，輕薄的利刃即將撫過才子的細頸時，飛散的並非鮮血，而是火花。

「好險～我還以為沒命了。」

在即將中刀的前一個瞬間，才子後仰上半身，同時以短刀架開對方的刀身，躲過了斬擊。

「好可惜！——啊，講錯了。沒事嗎？」

「等我宰了這傢伙，下一個就輪到妳！」

出乎焰的預料，才子似乎小有身手，也許受過某些戰鬥訓練。

「雖然只是想稍微測試一下，不過妳是有點本事啊。」

「我是天才嘛。」

「那我就稍微認真起來了。」

雖然對方手下留情，才子連續化解了兩三回合的攻擊，但在這過程中，刀刃數次掠過肌膚，割出淺淺的刀傷。

刃和才子都在戰鬥，焰只是無能為力地呆站在原地。什麼也不做雖然令她焦急，但是她專注於自己分配到的職責。

「實力也差不多明白了，差不多該給妳一個教訓，收拾掉妳吧。」

連擊的速度越來越強。

這樣下去會招架不住。才子心生這預感的同時，彷彿要鑽進對方懷中，她一個箭步衝上

四章 「魔法火焰（燃燒瓶）」

前去。

「會被收拾的是你啊，鬍子男！」

這回才子瞄準了男人的頸項。

短刀猛然刺出。利刃準確刺向男人咽喉，卻沒有觸及男人，而是墜落在地——連同才子的手掌一起。

不知何時，男人已經揮出了彎刀。

絕非一時看漏。

但是焰真的不知道男人何時揮出了彎刀，突然間才子的右手就被砍斷了。

彷彿將手腕的刺青當作裁切線，沿著該處俐落地切斷。

被一刀兩斷的纖細手腕噴出鮮血。

「好險啊～」

與話語相反，男人的表情游刃有餘。

「妳還滿強的耶。別待在古鐸夫先生底下，要不要來當我的徒弟——啊？」

出言讚美之際，男人覺得大腿傳來異狀，方才的從容自臉龐消褪。

短刀刺進了男人的大腿。自傷口溢出的鮮血漸漸染紅了長褲。

「這才是我的計畫啦，呆子。」

得意的笑容。

剛才一直都空著的左手中，現在握著另一柄短刀。

才子用她藏在身上的短刀，發動了捨身攻擊。

雖然能夠受到治療，但居然故意讓對方斬斷自己的手，絕非常人的思維。

緊接著，才子大聲號令。

「焰！就是現在！」

「呃、好！」

犧牲了右手的捨身攻擊，也只是為了拖延敵人。真正的決勝手段是焰的燃燒瓶。

管不了那麼多了！

「火焰精靈啊，借給我力量！」

她當下編造了完全沒有必要的詠唱咒文，況且這根本不是魔法。

「不要廢話了，快點丟啦，白痴！」

「魔法火焰！」

焰灌注全身力氣，看準了屈膝的男人扔出著火的燃燒瓶。

然而，描繪拋物線而飛出去的火焰——

「啊啊啊啊啊啊啊——！」

——不偏不倚砸中才子的頭。

瓶身迸裂。才子渾身著火。焰臉色蒼白。

「啊，不妙……」

之後絕對會挨罵。

四章 「魔法火焰（燃燒瓶）」

雖然焰讓才子全身著火，但是除了罪惡感之外，「報應」二字在心頭舞動。

決勝手段落空了。然而才子就連失敗也能活用。

「你也陪葬吧，鬍子男啊啊啊啊啊！」

跌倒了就不能空手站起來。火焰才子抱住了男人，火焰隨即延燒到男人身上。

男人拚了命想掙脫才子的擁抱，但才子絕不鬆手放開他。

「嗚哦哦哦哦！好燙！我認輸我認輸！投降了，放開我！」

聽見他這麼說，才子這才放開那男人。

男人使勁拍打，連忙滅火。另一方面，渾身沾滿燃料的才子遲遲無法熄滅身上的火。

察覺到簡易的滅火手段無法熄滅，接下來她採取的行動，就是挑選下一個陪葬的對象。

換言之，就是找焰報仇。

「再來就是妳啊啊啊啊啊！」

才子表情猙獰如妖魔。渾身著火的她朝焰狂奔，速度出乎意料地快，一把逮到束手無策的焰。焰被才子抱住，兩個人倒向地面，一起被火焰吞噬。

「對不起——！」

道歉的大叫聲響徹會場。爆笑聲在場內迴盪般響起。雖然對當事人來說一點也不好笑。

焰拚了命掙扎，卻無法掙脫才子強力的束縛。

「我不是故意的！請原諒我——」

這時，焰注意到某件事，一個不可能的事實。

「奇怪？不燙？」

明明正在燃燒，卻不覺得熱。火焰產生的空氣流動確實正拂過肌膚，那絕非自己正見到幻覺。

焰一瞬間以為也許才子其實同樣不熱，但是才子的肌膚發紅，頭髮也被燒得捲曲。果然火焰是真的。自己身上發生了某些變化。

焰自然而然地將力氣注入手掌。雖然不明白理由，但是她覺得現在火焰好像會聽她的話。

「才子同學，請不要亂動！」

「怎麼可能啊混帳東西！」

化為憤怒惡鬼的才子依舊使盡全力緊緊抱著她。

「求求你！火焰啊，消失吧！」

灼燒身體的火焰消失吧。她在心中默念，並開口說道。

於是，不可思議的事情發生了。

熊熊燃燒的火焰像是被吸進她的手掌般消失了。才子身上就連悶燒的餘燼都不剩，只留下火焰曾經存在的痕跡。

過去無法控制的發火能力，猶如魔法般聽從使喚。

火焰消失後，在焰的手掌上留下一抹餘溫。

「……啊？消失了？」

四章 「魔法火焰（燃燒瓶）」

發現折磨自身的熱量消失，才子愣住了。這時焰抱住了她。自己放火燒人，自己滅火，又逕自欣喜，純屬自私的擁抱。

現在回想起來，焰察覺了，來到這世界之後身體感受到的反常感受，其實就是能力的變化與擴張。說不定這便是所謂的魔法。

刃那超乎常人的動作，以及才子驚人的反射神經──把這些都視為來到異世界而獲得的超常能力，焰也比較能理解。

焰的眼神燦爛發光。

「啊哈！很厲害對吧？我把火熄滅了喔！像這樣！給我消失！」

「重點是不要燒自己人！」

「關於這件事，真的非常抱歉──痛痛痛痛痛！」

才子使出全力以五指抓住焰的臉龐。骨頭被擠壓的嘎吱聲音傳來。也許這就是人家說的骨傳導吧。

焰痛得快哭出來的時候，才子的鷹爪終於放過她。

與此同時，地面隨著轟然巨響而撼動。吃驚的焰與才子倏地轉頭看向聲音的來源。

在該處，她們看見了以戰錘掀起地面的重裝戰士。

「很好！有意思！忍不住稍微認真起來了啊！」

碎裂的地面猶如砲彈朝著刃飛去，一旦擦過身體就難免重傷，萬一正面擊中想必會沒命。然而，完全沒有擊中刃。

似乎看穿了飛向自己的岩塊動向，奔馳的刃穿梭在岩塊之間。

仔細一看，刃的左臂流血如注。她剛才似乎挨了沉重的一擊，很明顯骨頭已經碎了，儘管如此飛馳速度依舊不減，轉瞬間就拉近與重裝戰士的距離。

認真起來了。

的確這麼說過的男人揮動武器，攻擊被刃俐落地閃躲。但他不慌不忙。

發揮了從那身笨重裝備難以想像的速度，他一瞬間就將戰錘高舉為上段架式，在刃逼近前將之揮落。

「吃我——這招！」

砸在地面上的戰錘並非以刃為目標，目的也不是再度擊碎地面，使岩塊飛濺。

碎裂的地面向四周飛散單純只是餘波，攻擊有其他真正的用意。

在疾馳中的刃眼前——

地面突然隆起。

以衝天之勢隆起的地面化作意圖貫穿刃的岩石尖牙。

不同於方才仰仗蠻力的攻擊。雖然看似粗獷，但那的確是犀利的魔法攻擊。

但是，刃不在該處。

任何人都確信黑髮少女已經敗北。異樣精準的瞄準加上威力，看上去正是必殺的絕技。

焰不知道發生了什麼事。刃正在對方揮落的戰錘上方。

腳踩在武器的柄上，刀身刺進了戰士的頭盔面罩的窺視用細縫。

但是最引人注目的，還是那張愉快的表情。

歪曲的嘴角與充滿笑意的眼睛透出瘋狂，那是張充滿了瘋狂愉悅的臉。

疼痛似乎也是一種愉悅，全心全意只為了打倒敵人的模樣。

「我認輸……」

刃從細縫中抽出刀，刀尖稍微染血而濡濕。大概是刺穿了眼睛吧。

會場狂熱氣氛來到今天的最高潮。

過去的每場比賽，幾乎都是以測驗官痛扁受測者收場。但是，雖然測驗官已經保留實力，不過從來沒有人能讓熟練士兵屈居劣勢。

「真、真沒想到兩人都認輸了！比賽結束！」

比賽結束的判決一出，負責治療的女性們進入場內。

「金髮的，拿去，妳掉的。」

雙刀兵將他砍落的才子的手扔向持有者。才子雖然平安接下，卻為了粗暴的對待而氣憤難平。

「不要隨便亂扔別人的手！啊，糟糕……失血太多，快站不穩了……」

才子搖搖晃晃，但是不可思議地，她的身上傳來一陣異樣的好味道。

「奇怪，才子同學。妳身上有種香味耶。妳有用香水嗎？」

「火烤人肉的味道啦！宰了妳喔！」

焰覺得那是種香味，實際上卻是人被火燒的氣味。為什麼自己會有這種感想？焰不禁感到納悶。

不只是能控制火焰。自己身上還發生了其他變化。

「真是的……手會不會接上去就自己治好啊？」

「這樣就能轉職當神職人員了喔。順便學一下內斂沉穩的言行舉止吧？」

「少囉嗦，我已經是至高無上的完美淑女了吧……啊，接起來了。」

「嗚哇……好噁……！」

才子讓手臂的切斷面互相貼合後，發出了淡淡的光芒。下一個瞬間，她的手已經若無其事般動了起來。治療師們見狀也為之吃驚。

「『打倒魔王的資質』，我好像漸漸明白了。」

接受治療魔法的同時，才子嘀咕道。焰也喃喃說著：「是啊。」雖然目前還只是猜測，不過鳳毛麟角已經展露。

儘管在魔法理所當然般存在的異世界，依然教人驚訝的能力。恐怕那正是卓越或異端的能力，又或者是特異的人格。

「看來妳們贏得很辛苦啊。」

「辛苦啦，劊子手。」

經過治療，左臂恢復原狀的刃說道。表情雖然恢復了平常的撲克臉，但才子刻意針對這點戲弄。

「剛才笑容好燦爛耶～？果然妳也屬於我們這一邊嘛。」

「不要把在下和妳混為一談。」

「就是說啊。高譚市民只有才子同學一個而已。」

「話先說在前頭，妳剛才也很有高譚味喔。要燒人之前還念些莫名其妙的咒文！」

三人在無謂的鬥嘴中，走向出口。震天的拍手聲在背後歡送她們離去。

走出競技場後，三人被帶到練兵場內的某個房間。

推開門，裡頭有位身材高挑、戴著眼鏡的妙齡女性正在等候。栗色的長髮綁成一束，渾身散發著近似寒意的嚴肅氛圍。

三人原以為大鬧一場會受懲罰，但單純只是辦理事務手續。回想起來，因為她們擅自亂入賽事，並沒有正式報名。

房內一角擺著辦公桌，後方則是一整排書架，中央則擺著待客桌，以及兩張長沙發擺在桌子兩側。

這些家具看起來雖然樸素，但造型顯得牢靠耐用，透露重視實用性的概念。

她催促三人坐到沙發上，在每個人面前都擺上一份文件。似乎是報名表。

好像在工作面試……不，實際上就是工作面試吧。

「我還以為會挨罵呢。」

焰不經意地獨語，結果自稱事務員的戴眼鏡女性馬上投以疑問。

四章 「魔法火焰（燃燒瓶）」

「難道妳以為我沒生氣嗎？」

「噫！對不起！」

對方相當生氣。從那教人背脊發涼的口吻，焰感受到焦灼肌膚般的滾燙怒意。眼鏡後方的銳利眼神緊捉著焰不放。而且室內的溫度好像也下降了。

大概想叫焰不要多嘴吧，才子用手肘頂向她。

「妳們的所作所為雖然荒謬，但才能畢竟是真材實料。由於上頭基於國家利益考量命令，才會沒有多加追究，並且讓妳們合格，知道了嗎？」

「知、知道了……對不起……」

「那麼，請在那份文件上填寫必要事項。」

雖然態度依舊冷淡，卻沒有更進一步地責罵。

焰突然感到納悶，自己也合格嗎？她只有扔出燃燒瓶而已。

大致瀏覽文件，除了姓名、性別等的個人資訊外，還要填寫有無監護人等。

焰提起筆，就要開始填寫時，突然發現——

「奇怪？我為什麼讀得懂文字？」

她發現自己能讀懂未知的文字。形似英文的異世界語言，閱讀起來簡直像是閱讀日文般流暢。感覺實在不可思議。

「太後知後覺了吧？這種方便的地方就早點接受啦，想也沒用。」

「女神神力啊。」

聽不懂兩人間的對話，事務員露出狐疑的表情。

焰從上方依序填寫文件，手隨即再度停擺。她煩惱的是監護人的有無以及其姓名。

未經同意使用古鐸夫的名字真的好嗎？焰短暫躊躇。但馬上轉念一想「哎呀，他應該會原諒吧」便擅自寫下名字。罪惡感大概有一厘米。

「那麼最後請在入隊志願欄的『殲劍隊』畫圈，然後寫下志願動機。」

「果然沒得選啊……」

不由分說強制志願進入殲劍隊，看來危險人物果真不能加入衛盾隊。

因為戍守據點的衛盾隊必須與居民長時間相處，這也是理所當然的決定吧。

志願動機欄上，所有人都寫了「好像很好玩」。不出所料，事務員一看就板起臉。自此時此刻起，討伐魔王已經變成了其次。

填完每個欄位後交出文件，事務員接過文件後遞出徽章——劍造型的紅銅胸章。

「這是殲劍隊的身分證明。依照銅劍徽章、銀劍徽章、金劍徽章的順序，階級依序上升。別上這個，就能得到形形色色的支援。最大的差別就是更高階的戰鬥訓練和魔力技能研修，以及發配裝備。」

「原來如此，時間、知識和物資不能分給沒才能的傢伙，是吧？」

「說得嚴格點就是如此。我們希望能集中培育有才能的人。」

為了守護國家，這種取捨也是必要的吧。

「順便告訴妳們，妳們剛才交手的是金盾徽章，也就是衛盾隊的金徽章位階的隊士。一

四章「魔法火焰（燃燒瓶）」

般光是能擊中對方幾次就算了不起——」
三人乖乖聽講時，傳來了敲門聲。
「吉絲卡，我要進去嘍～」
「現在很忙。請回去。」
雖然事務員吉絲卡二話不說就拒絕，來人還是打開了房門。
走入房內的是個神態輕佻的金髮男性，加上那身淺褐肌膚，看起來完全就是個輕浮男。在他胸前，帶光澤的白色盾形徽章閃耀光芒。仔細一看，吉絲卡的衣領也別著同樣的徽章。
「哦，人在這裡啊，剛才那些有意思的女生。燒了同伴的女生、自己接回斷手的女生，還有手臂被打爛也在笑的女生。」
雖然這些稱呼完全無法否認，但有種被取笑的感覺，讓人不爽。
「這輕浮男是怎樣？」
「好像那種為了讓男主角發揮，在海邊找女主角搭訕的那種路人輕浮男呢。」
「雖然不懂妳們在講什麼，但聽得出來妳們嘴巴很毒喔～」
男人笑得快活。儘管是輕浮男，卻散發爽朗的氛圍。
「話說有何貴幹，西格拉特？」
「沒什麼，只是想近距離看看這些女生罷了。」
事務員口中名為西格拉特的輕浮男笑容不改，如此回答。他似乎已經習慣吉絲卡的冷淡態度。

「那麼已經辦完了吧？知道門在哪裡嗎？請往那邊走。」

「開開玩笑啦。我只是想以前輩身分，提點一下隊士應有的心態。」

西格拉特這麼說完，便坐到吉絲卡身旁，吉絲卡隨即往沙發邊緣移動。

儘管吉絲卡態度冷淡，西格拉特倒也毫不介意，開口問道：

「天賦異稟者有何責任，妳們明白嗎？」

他雖然口吻輕佻，但是眼神剛直，嚴肅提問。

才子胸有成竹地回答。

「打倒魔王！對吧？」

兩人一瞬間愣住般地停頓了動作。下一個瞬間，西格拉特捧腹大笑，吉絲卡則是無奈地嘆息。

笑聲平息後，西格拉特道歉，繼續說。

「抱歉抱歉。我原本想說的是『天賦異稟者應為凡人之盾』，不過既然妳們這麼有幹勁，那我也沒什麼好說的。」

類似「貴族義務」的價值觀吧。看來在這世界，不光是資產和權力，擁有優異能力者也身負責任。

「不過，妳們還是得經過鍛鍊，畢竟還不成熟。」

他說連在對戰中占了上風的刃也鍛鍊不足。果然測驗官只要拿出真本事，就連刃也難以取勝吧。

「對魔力運用根本一竅不通吧？特別是那邊兩位。」

他指著焰與才子兩人。

魔力運用。焰可以理解才子剛才辦到的就是治癒魔法，但是發火能力也算是魔法嗎？

「在下也一竅不通。」

「不懂也那麼強的話，那也很厲害就是了。不過，無論如何都少不了修練！治癒魔術和火焰魔術特別罕見，最好學習正確的用法喔。」

火焰魔法很罕見。焰總算明白了光是丟出燃燒瓶就合格的理由。

「啊～所以我才能合格啊。」

「正是如此。讓罕見的才能埋沒是莫大的損失。但是，火焰魔術難以掌控且非常危險，萬一受到審問，會遭受嚴格的調查，這點請做好心理準備。」

「好、好的……」

聽了吉絲卡這句話，焰的臉色轉為蒼白。

一想到這能力在異世界也會受到那種目光看待，陰鬱的感情就在心底打轉。

無意識間，焰咬住了嘴唇。

這時，她的背突然被用力拍打，出乎意料的痛楚令身體後仰。

「振作一點。」

聽了才子這句話，焰回過神來。

「好痛！妳也稍微控制一下力道！」

不如說，背部的痛楚才是焰回過神來的主要原因。

大概是覺得自己讓焰太過害怕，吉絲卡顯得有些不知所措。

「沒事吧？有些事吉絲卡講得太嚴重了，用不著太當真。」

「不會，我沒事……沒事的。」

不知道是否因為察覺了焰絕非沒事，才子立刻離席準備告辭。

「如果手續都辦好了，我們就回去嘍。」

「嗯。那接下來該做什麼，就去找古鐸夫先生問清楚吧。」

「知道啦～」

才子語氣慵懶地回答，離開房間。

三人回到家時，等候她們的是青筋暴露的古鐸夫。看來他已經明白了來龍去脈。

「居然這麼亂來！笨蛋傢伙！」

三個人的腦門同樣都挨了一拳。感覺腦袋在搖晃。

「我是判斷沒問題才去的，所以這不算亂來！」

才子額外多吃了一記拳頭。

四章 「魔法火焰（燃燒瓶）」

「既然都這樣了，妳們要給我成為不管去到哪裡都不丟臉的隊士。反正阻止妳們也不會聽，只能盡量把妳們矯正成正常人。總之，不管什麼事都要先和我討論。視內容而定我也許會生氣，但不會阻止……不，也許還是會阻止！」

造成這麼大的麻煩也不趕出家門，也許已經超越了重情重義的程度。

「濫好人過頭了，有點恐怖耶……嗯？話說大叔的胸章是金色的耶，該不會其實很強？」

古鐸夫的胸前別著金色的盾型徽章。

「咦？話說回來吉絲卡小姐他們的是白色吧？白色代表的是事務員嗎？」

「不過那個叫西格拉特的輕浮男看起來不擅長文書工作。」

「啊～看起來是這樣沒錯。」

古鐸夫聽了這番對話，臉色明顯轉為鐵青。難道她們說了什麼怪話嗎？

「蠢貨！西格拉特他們可是『護國聖盾將』，是衛盾隊的頭號戰力啊！妳們該不會對人家失禮了吧！」

古鐸夫面紅耳赤，口沫橫飛地破口大罵，臉色又是發白又是轉紅，千變萬化。

之後聽了說明才知道，衛盾隊設有殲劍隊沒有的白徽章階級，實力更遠在金徽章之上。

「那兩個傢伙真的那麼強嗎？」

「這還用問？他們的實力強到不只是保護市民，甚至負責守護整個國家。一聽到『碎冰鎚吉絲卡』和『穿龍槍西格拉特』這名號，人人都會心生敬畏。」

還以為只是囟巴巴的事務員和輕浮男，但似乎是焰等人無法相提並論的人上人。

——不過，古鐸夫口中的名號更吸引三人的興趣。

「哦，名號！好帥氣耶！」

「那就馬上來開會決定名號吧！」

「修練武藝也會更有幹勁。」

見到三名少女突然興奮起來，古鐸夫長長地嘆了一口氣。

「名號可不是自稱就行啊……」

五章　「穿龍槍」

入隊測驗的隔天，焰等人在古鐸夫家的辦公室內集合。

「要各位集合不是為了其他事，是為了各位的將來。」

辦公桌背對著玻璃窗般地擺設在辦公室內，牆邊則擺著書架。毫無空隙地排列的書背上，寫的盡是些艱澀的標題。

同時眼前的古鐸夫臉上的表情也苦澀不已。

「雖然和妳們相遇後每秒鐘都吃驚，但這次我又被嚇到了。法梅亞大人居然傳令說有事要和妳們談，叫妳們去一趟教會。」

「那傢伙又是誰啊？」

「唉……妳們果然不曉得嗎？她是葛德路西亞的國教『聖月目光』的教主，亦是神諭巫女，簡單說就是這國家的最上層想見妳們一面。雖然難以置信，但妳們似乎真的是特別的人物啊。」

古鐸夫的眼神彷彿遙望遠方。

少女們過去那些難以置信的發言，突然間萌生了現實感。

「我不就說過了嗎……所以咧？那個宗教的大人物找我們有什麼事？」

「法梅亞大人雖然是宗教領袖，但同時也是統領殲劍隊與衛盾隊的軍事領袖。想必是對各位日後的方針有所指示吧。」

「軍事兼宗教的領袖啊……聽起來很危險呢……」

焰回憶起歷史課的內容。無數鮮血因宗教的正義之名而流，一路延續到現代的陰暗歷史。

「話不可以亂說。雖然不曉得在妳們的故鄉是怎樣，但在這國家就是這樣。」

被他以嚴肅的表情瞪視，焰不由得感到畏縮。

「哎，罷了。言歸正傳。法梅亞大人能降神以呼喚我們崇敬的女神降臨人世……反正妳們大概也見過吧？」

「是見過一面啦。」

「這點事已經不會讓我吃驚了。雖然妳們應該明白，唯獨失禮的事千萬不要做喔？有可能被扔進地下牢喔。」

「失禮的事喔……只是叫女神下跪而已啊？」

「妳這傢伙——！給我過來一下！」

才子拔腿衝出辦公室。

五章「穿龍槍」

焰等人並未特別安撫火上心頭的古鐸夫，坐上接送用的馬車，前往教會。

普蘿特與都都美同樣有必要變裝，不過這次她們有符合身高的長袍能穿。為兩人製作長袍的是古鐸夫家的女僕。雖然她們來到此處沒過多久，但是成品毫無急就章之處。

見到兩人明明不是罪犯卻必須遮遮掩掩，焰在心中祈禱有朝一日兩人能抬頭挺胸走在太陽下。畢竟比兩人瘋狂許多的某人（才子）正大搖大擺地走在光天化日下。

教會就在練兵場旁。

途中向馬車夫詢問，才知道教會不光是禮拜用的場所，還附設有複數設施。

治療傷者與病患的治療院、養育孤兒到一定年紀的孤兒院、住在教會工作的神官們的宿舍等。教會包含這一切，設施占地面積十分廣大。

街上建築沒有華美之處，唯獨教會有散發莊嚴氛圍的裝飾。這大概代表了這設施的重要性，以及在人們心目中的神聖性吧。

一行人下馬車後走了一段路，隨即抵達位於教會最深處，被稱作「神諭廳」的場所。儘管是個比起禮拜堂小了許多的建築物，卻散發著莊嚴的氣氛。

「喂，妳們來做什麼？」

持槍的衛兵以嚴厲的口吻逼問。

會被懷疑也很正常。身穿陌生服裝——異世界學校制服的五名少女結伴現身。而且其中兩人還穿著長袍，為了遮掩容貌般壓低長袍的兜帽。

不過，比起這些問題，首當其衝的還是禍從口出的麻煩人物。
「只是來叫女神下跪。」
「喂，來把這傢伙轟進地下牢。」
「當然只是開開玩笑嘛！有個叫法梅亞的傢伙叫我們來！」
見到槍尖擺到眼前，才子舉高雙手，扯開嗓門大喊。
「該道別了，才子同學。在地下牢也要好好過喔……」
「與妳的旅程就到此為止了啊。」
「會寂寞呢……不，好像也不會。」
「拜拜……才子……」
「沒血沒淚！」
所有人一起向才子告別。
話雖如此，才子並沒有真的被打進大牢。
「你冷靜點啦。這打扮，不就和法梅亞大人之前說的一樣嗎？」
站在大門另一邊的衛兵以平穩的口吻安撫般地說道。
「喔，抱歉。因為打扮比想像中還要奇怪。」
「一定是故意的吧……」
「呃，才子同學別說蠢話不就沒事了……」
「哈哈哈，這些傢伙真有意思！」

五章 「穿龍槍」

「我們已經接到通知，妳們進去吧。」

「那就早點放行啊……」

通往「神諭廳」的大門開啟了。

在訕笑與苦笑的左右包夾下，眾人進入了「神諭廳」。幻想般的情景映入眼簾。

「哇，好漂亮……」

如夢似幻般的心情，讓焰自然吐露心中讚嘆。

神諭廳和禮拜堂不同，沒有與會者的座位，因此形狀狹長。左右牆壁上嵌著長條狀的藍色彩繪玻璃，早晨的陽光從該處投入，微微照亮地面。抬頭仰望正前方，就如「聖月目光」之名，彩繪玻璃上畫著吊掛在夜空的月亮，俯視著焰一行人。

俯視——之所以有這種感受，是因為鉛線為彩繪玻璃上的月亮描繪出眼睛的輪廓。

「回想起來，那個純白的空間中，也有隻月亮的眼睛俯視著我們。」

「嗯？是這樣喔？」

才子歪過頭。

「哎呀，妳沒看到嗎？」

焰將視線轉向刃與都都美等人，但她們和才子一樣，只是面露納悶的表情。

「那時候有隻超大的眼睛喔，掛在天上。」

「真的嗎～？」

「我是說真的啦。」

沿著通往神諭廳深處的深紅地毯向前走，紅色步道底端有座祭壇，擺在祭壇上的是一柄造型類似槍也類似杖的奇妙器具。

在祭壇前方，有位身穿法袍的年輕女性，在她面前低一階的位置上，則是幾名看似官員的男性，正向女性不知報告什麼。隱隱約約聽見村莊的損害等字眼，大概是在傳達鄰近地區的狀況吧。

男人們結束報告後一度下跪，隨後離開神諭廳。

神諭廳只剩下焰一行人、法梅亞以及她的侍從。因為她們大概都知情，普蘿特與都都美也摘下兜帽，露出臉龐。

眾人與法梅亞面對面。

她的法袍由白與靛青兩色組合而成，各處都鑲著金邊。如玫瑰經項鍊般掛在頸子上的是月亮造型的白墜子項鍊。

月輪徽章似乎代表神官的身分。她戴在身上的徽章是白色，大概是最高位階的徽章。

不輸給幻想般的空間與純潔的裝扮，法梅亞本人的容貌也令人印象深刻。

長至腰際的淡金色髮絲光澤如綢緞，臉上的笑容給人柔和的印象，但光是站在她面前，就能感受到令人不禁挺直背脊的凜然氣質。

然而那身影引人注目的不只是高潔。焰不由得輕聲驚呼。

「啊——」

在驚愕化為言語前，她舉手掩口。

五章 「穿龍槍」

在焰等人的視線前方，最引人注目的是覆蓋眼部的白銀面具。中央處刻著偌大的單眼，緻密的紋路環繞那隻眼睛。

令人吃驚的並非那雕工之精細。

而是面具本身的構造。

那精巧無比的銀雕面具，上面找不到任何窺視孔。

如果不是焰看錯了，貼在臉上的那副面具，是將金屬片直接縫在臉上。駭人的構造更加凸顯了法梅亞散發的神祕氛圍。

所有人的視線都無法從法梅亞身上挪開。

「歡迎。很高興見到妳們。」

親切的招呼聲。柔順的嗓音十分順耳。

雖然場所與容貌給人莊嚴的第一印象，話語卻意外地和藹可親。那反差讓人不由得遲疑。

「初次見面，我就是法梅亞。我已經從伊瑞琳那邊得知妳們的到來了。」

「妳、妳好……」

焰不由得吞吞吐吐。

伊瑞琳，沒聽過的名字，但法梅亞說她是透過那人物得知眾人存在的。

「這就是那傢伙的名字？」

似乎只有才子理解了什麼。

「是的。啊，她說想直接談，我請她降臨喔。」

理解追不上狀況。她究竟在說什麼？

正當焰仍一頭霧水時，一陣柔和光芒突然環繞法梅亞。焰不由得舉手擋在眼前，但刺眼的光輝一瞬間便消褪。

剛才發光的場所。也就是上一個瞬間法梅亞所站之處，站著一名少女。一頭美麗的金色長髮緩緩搖曳，月色眼眸注視著眾人。

「很高興能夠再次見到大家。」

與年幼的容貌不相襯的成熟氛圍，以及耳熟的嗓音。

「啊，人家說的『讓女神降臨』是這麼一回事啊。」

那少女正是召集焰等人來到這世界的女神，也是這世界的創世神。看來似乎是透過附身法梅亞而顯現於世。

那種「我去一趟便利商店」般的感覺就能呼喚神明降臨嗎……？

「話說回來……」

焰隨即眉開眼笑。

「我可以叫妳小伊嗎？」

「嗚……看著妳的笑容，不知為何就覺得毛骨悚然……」

感到寒意的伊瑞琳摟住自己的身體。

「欸，在談正事前我想問喔。為什麼選了我們？」

五章「穿龍槍」

焰無謂地放鬆了氣氛，才子使之重新緊繃。

那不只是才子，而是所有人都想知道的問題。

為何是這五人被選上？

「那個……妳們聽了也不會生氣？」

伊瑞琳遭受逼問，語氣透出幾分尷尬。

「要視內容而定。」

「說的也是……坦白說，幾乎是出於偶然。」

焰原本期待著「其實前世是勇者」之類的理由，心中一陣消沉。

不過才子聽了並未生氣，也不掃興，只是平淡地繼續追問。

「『幾乎是偶然』以外的部分是什麼？就是妳說的『打倒魔王的資質』嗎？」

「是的。標準雖然各有不同，但各位擁有異質的靈魂。這樣的人物，一般都擁有優異或罕見的魔法適性。」

「意思是說，在我們的世界，靈魂扭曲的傢伙特別多？」

「這樣說雖然不好聽，但的確如此。在這個世界罕見的靈魂持有者，在各位的世界特別多。人生經歷異於常人的才子小姐與刃小姐、是人類但也非人的都都美小姐、並非地球生命體的普蘿特小姐，以及焰小姐，妳——」

短暫遲疑。

「妳身上藏有非常強大的能力。論潛力之高，在五人之中妳格外突出，但是那力量強得足以反噬自己……請千萬不要反被那份力量控制。」

「我的……潛力？」

在五人之中格外突出。

這句話已經十分足以讓焰得意忘形了。

「嗚……！被封印的右眼隱隱作痛……！大家，快離我遠一點！」

焰舉手摀著並未被封印，也不隱隱作痛的右眼，開始痛苦掙扎。

「妳還好嗎？」

「喂，刃，在事情鬧大之前先砍了這笨蛋的頭。」

「知道了。」

喀鏘一聲，白刃出鞘。

「騙人的啦～！我愛和平！」

中二病演出招惹強烈批評，焰連忙以雙手比出V字想打圓場，卻還是挨了一發才子的巴掌。好痛。

「原來是開玩笑的啊，請不要嚇我……」

「這傢伙一囂張起來就很麻煩啊。」

這時焰轉念一想——現在只是稍微能控制火焰的自己，真能期待將來發揮五人之中最強的能力嗎？這讓焰開心，但同時也覺得害怕，因為那也代表了自己距離常人多麼遙遠。

超能力究竟是什麼呢？焰總是不禁思索。

五章 「穿龍槍」

「因為我獨自創造了這個世界並管理，其實沒有多少餘力再干涉其他世界。憑我的餘力只能按照資質選人，至於請來的人是各位，其實純屬偶然。除此之外，死者比較容易帶到這邊，也是原因之一。」

「哦～是這樣喔？」

「是的，就是這樣。」

就只是這樣嗎？

簡單來說，她在方便帶到這世界的死者之中，選了特別怪異的傢伙們。

「很遺憾，正義需要力量。」

「正義……」

沒有力量的正義只是無能為力。焰雖然能明白這一點，卻也理解蘊含其中的危險之處。

焰再度回憶起歷史課。

「我來到這裡沒多久，還搞不太懂啦。這個世界的……不，妳的正義是啥？」

聽了才子的疑問，伊瑞琳露出幾分吃驚的表情。

「妳要這樣問，我也很難回答……我只是相信自己，不容忍邪惡，並且以和平為目標而已。」

不容忍邪惡、以和平為目標。這的確是正義，但即便是創世神，似乎也只有這般曖昧不明的認知。

也許該說，出乎意料地與人類相似。也許神與人類的價值觀，差異沒有想像中那麼大。

「不過，請各位相信我！只要在這世界上生活下去，一定會瞭解我是對的！」

大概是以為自己秉持的正義遭受質疑，伊瑞琳急忙想說服才子。

「欸，才子同學，妳害人家傷腦筋了啦……」

「相信妳喔……哎，該怎麼說，我也不是想問多複雜的事。我做自己想做的事卻突然被認定是『邪惡』，直接被拖去處刑。我只是不想要這樣而已。」

「原來是這個意思啊……一旦覺得『也許是壞事』，就請各位深思熟慮並自我把持。要是太過踰矩，我會再向各位說教。」

一旦踰矩，似乎就會被神明教訓。聽起來稀奇，卻不想親身體驗。

「好好好，知道啦。想問的事情也問了，我回去了。」

才子一副瞭然於心的表情，轉身就走。

「不好意思麻煩妳特地跑這一趟。路上小心……不對！正事還沒談！」

「對喔，我都忘了。」

才子擺出一副裝傻的表情。絕對是故意的。

「真是的，我真的很生氣喔！因為要請妳們討伐魔王，本來就計畫要妳們加入殲劍隊，但妳們居然跳過了好幾個階段，突然闖進測驗……善後處理實在很麻煩喔，知道嗎？」

馬上就挨罵了。

雖然抱歉，但焰覺得氣呼呼的伊瑞琳很可愛。

焰猜想，才子知道會因此挨罵，剛剛才會打算早早開溜吧。

五章 「穿龍槍」

「正常來說要在適合自己的場所修練，之後才參加測驗。我之後會給妳們介紹信，請到各自分配到的場所好好修練。」

「知道了～！」

「只有應聲時特別聽話……」

面對神也照開玩笑，這正是才子本色。

「此外，很不好意思，普蘿特小姐和都都美小姐這段時間要待在家中。理由明白嗎？」

「又要看家了～除了打掃沒事做耶～」

「嗯，有點寂寞……」

「真的非常不好意思。關於兩位，需要較多安排……」

倘若市民認定兩人是魔物，在討伐魔王前就會引發大問題。要盡可能謹慎也是理所當然的。

「此外，還有一件事要告訴各位。是有關魔王的事。」

伊瑞琳面露前所未見的嚴肅表情。

「魔王出現並引發戰亂，是在大概百年前。魔王的影響助長了魔物的勢力，世界因為戰亂而充滿混沌。這個國家也一度陷入滅亡的危機，但勉強擊退了威脅，重新恢復和平。然而近來，魔物的勢力再度發生異狀。雖然不知道是百年前的魔王再度開始活動，或是魔王的繼承者造成的，但我暫且認定異變的中心人物是魔王，希望各位協助討伐魔王。」

「等一下等一下，我想先問妳說的魔物是啥？」

焰沒由來地想像起遊戲或漫畫中見到的魔物，但仔細一想，自己的確不曉得這世界的魔物是什麼。

「啊，聽妳這麼說，的確還沒解釋。魔物是靈魂因某些因素而扭曲，化為異形的存在。如果是訓練生，與魔物交戰也是戰鬥訓練的一環，但是妳們跳過了這個階段——」

「啊～好好好！是我不好！」

說教再度開始。才子毫無歉疚之色地隨口道歉。

「言歸正傳。此外，因為發現了過去沒有紀錄的新種魔物，我認為這很可能也是魔王的活動。恐怕是透過魔術扭曲靈魂，以人工手段創造強力的魔物。」

「以人工手段創造怪物喔？真是恐怖耶……」

四人不約而同地凝視才子。

把死刑犯當作白老鼠的傢伙有什麼資格講這種話？四人份的視線帶著這般批評。不過當事人才子毫不介意。

「無論是不是人工創造，我所說的強力魔物，擁有的力量足以擊潰金劍隊士的部隊。」

「金劍隊士……和我們昨天交手的那些人同階級……？」

「是的。前些日子也有一支金劍隊士的部隊被殲滅了。」

「真恐怖耶……」

金劍隊士——擁有金劍徽章的隊士，和昨天的入隊測驗的測驗官同樣是「金」階級。那等強者就算組成隊伍也不是對手。雖然目前刃的實力最受到肯定，但是根據西格拉特所說，

五章 「穿龍槍」

還需要修練。

儘管因為有資質而被選上，目前卻恐怕連累贅都算不上。雖然並非自願來到異世界，但討伐魔王終究是每個人自己的決定，這樣下去可不行。

正當焰深感實力不足之際，鐘聲響亮響起。

隨著鐘聲迴盪，其中一名衛兵快步衝進神諭廳。普蘿特和都都美連忙拉起兜帽，但衛兵似乎完全沒注意到兩人。

「報告！方才收到報告，一條大型龍正朝此處逼近！」

剛才的鐘聲，似乎是告知危機逼近的警鐘。

龍想必是強力的魔物（奇幻生物），讓焰感到不符場合的雀躍。

能見到龍耶！

一陣光芒環繞伊瑞琳，法梅亞現身了。

雖然剛才成為女神附身的憑體，但法梅亞似乎同樣理解狀況，說出一句話作為指示。

「知道了。那麼就叫西格拉特過去。」

「是！」

聽見指示後，衛兵對她敬禮並飛奔離去。

順帶一提，是剛才比較凶的衛兵。

「這樣說也許奇怪，不過這是個好機會。妳們就去參觀西格拉特的戰鬥當作學習吧。其實他強得嚇人喔。」

儘管眼睛周遭被面具覆蓋，不過從語氣還是能理解她現在面露自豪的表情。
「那個輕浮男～？」
「坦白說我看不出他很厲害……」
「會嗎？雖然態度輕佻，但舉手投足都很俐落。」
「啊～不公平啦～！又在聊只有妳們三個知道的世界～」
「嗚～……！」
都都美嘟起了嘴，焰伸手摸了摸她的頭。
「我會叫她帶路，妳們就到城牆上觀戰吧。」
在一旁待命的侍女點頭。

城牆的高度相當高。
由於牆壁非常厚實，因此鋪設在城牆上方的走廊寬到能讓五人並肩通過。
隔著城垛往西方遠望，她們在遠方空中發現了巨大的飛行生物。
遠遠看上去，那是一條長了翅膀的蜥蜴，那模樣毋庸置疑就是所謂的「龍」。不過，大小非比尋常。
拍打著巨大的翅膀，渾身長滿岩石般的鱗片。那生物雖然距離城牆還非常遠，看起來卻

五章 「穿龍槍」

已經大到足以令人震懾。

然而焰環顧四周，發現了一件怪事。在侍女的指示下，附近雖然沒有其他人在場，但遠方可見的士兵們似乎一副準備看好戲的神態。

從剛才衛兵的慌張程度來看，應該是緊急事態沒錯。原本在城牆外面務農的市民們也回到城牆內避難。

反過來說，這代表了西格拉特有多麼強悍。

「那種強得不該出現在這裡的魔物偶爾會跑來啊。如果拜託牠，會不會乖乖回頭咧？」

不知不覺間，西格拉特站在焰等人的背後。

「嗚哇，出現了。」

毫無矯飾的感想自焰的口中衝出。

「嗨，又見面了啊。」

儘管因為身穿甲冑而看不見臉龐，但這聲音與輕佻的態度，正是西格拉特。

他身穿一整套龍造型的暗紫色鎧甲與頭盔，手中握著長槍。

「真的有那麼強嗎？」

「那大概就是之前殲滅了金劍隊士部隊的魔物吧，背上插著眼熟的劍。」

焰凝神注視，頂多只看見有東西刺在龍背上。龍的身體十分龐大，相較之下刺在背上的劍猶如牙籤。

「這種事情不重要啦，快點秀出稱得上是護國聖盾將的本事。」

「好歹給我一點能感傷的空檔……」

有些傻眼地說著，西格拉特站到牆垛上。

焰心想「不會吧」的下一個瞬間，西格拉特以驚人的腿力跳躍，那衝擊力使得城牆為之龜裂。

城牆頂端高度超過三十公尺，換作是常人已經死了。

但西格拉特在距離城牆相當遠的位置輕盈落地，若無其事般地瞪向直朝此處飛來的龍。

「剛才那個人就是西格拉特？在本人看來就只是個輕浮男啊。」

「光聽傳聞，似乎不光是擅長跳遠的煩人輕浮男。」

「雖然像是戲份和路人差不多但是長得帥而莫名有人氣的輕浮男，他真的很強嗎？」

「本人也許沒資格這樣說，不過妳們講得還真狠……」

眾人紛紛表示期待與不安時，帶路的侍女開口說。

「請放心。就算西格拉特輸了，本國的防護還是萬無一失。」

「好像沒有很受期待耶……」

背對著所有批評，西格拉特擺出架式。

他的左手向前伸直，持槍的右手與右腳則向後張開到極限。

那是投槍的架勢。

他身上的鎧甲變形，為了投擲長槍而減輕右肩的防護。

五章　「穿龍槍」

「那就開始吧！」

伴隨著一聲吆喝，西格拉特的右手開始散發紅光。亮度漸漸增加，同時也傳向手中的長槍。

「我得手下留情，免得打壞了那傢伙的劍啊……」

短短幾秒後，長槍便散發強烈光芒，化作光芒刺眼的閃耀之槍。

迸射的光芒劃破空氣，發出刺耳的聲響，聲音甚至傳到站在城牆上的焰等人耳中。

手握彷彿帶著高熱的光槍，西格拉特瞄準了還在遠方的龍——猛然投出。

「喝——啊！」

咆哮響起。蹬地的右腳激起一片沙塵，穩穩踩在地面的左腳震碎地面。

被投出的光槍化作飛馳的紅色彗星，拖著一道燦亮的尾巴，撼動大氣，以超高速飛向目標，最後不偏不倚命中正在遙遠空中飛行的龍的頭部。

……看似如此。

在即將擊穿龍頭的瞬間，光之障壁突如其來出現，擋住了光槍。

魔法構築的防壁。焰回憶起入隊測驗上的一幕。

與刃交手的重裝戰士打飛的岩塊，在飛進觀眾席前就被光之障壁彈開。

面對速度快到視線追不上的光槍，那條龍施展了同樣的招數。

光之槍與光之牆互撞，激起刺耳的聲響。牆為了不被貫穿而阻擋，同時槍也為了貫穿防禦而增加威力。

五章 「穿龍槍」

破壞力與防禦力看似互相抗衡，但下一個瞬間，光之牆出現了龜裂。

而後就如摧枯拉朽。

光槍突破障壁，鑽進龍的頭部。

「嘎啊啊啊啊啊啊啊！」

龍的咆哮。

然而那並非臨死前的慘叫。

雖然難以置信，但龍還活著。暴怒的龍朝著西格拉特俯衝而來。

焰等人也不禁戰慄的巨龍迎面而來，西格拉特卻依舊不改其從容態度。

「攻擊還沒完喔？」

近似同情的一句話。

話一出口，長槍的光芒便更加耀眼——隨即炸裂。

爆裂的紅色閃光在轟然巨響中將龍的頭部炸得不見蹤影。

眾人的身體感受到長槍釋放的衝擊力，愕然無語。

足以與現代兵器相匹敵的威力。

龍的殘骸猶如斷了線的人偶，遵循慣性的法則墜落在西格拉特面前。

聽見巨龍撞擊大地的轟然巨響，焰等人這才回過神來。

「作弊能力耶……」

「根本是好萊塢電影……」

「哦，這就是護國聖盾將的身手啊。」

「那個真的能算是人類嗎？」

「嚇、嚇到了……」

異口同聲。雖然每個人的話語不同，但意義都相同。所有人都對這國家的最高級戰力心生敬畏。

「穿龍槍」，那姿態誠如其名。

觀戰的士兵們放聲歡呼。西格拉特拔起刺在龍背上的劍，揮手回應。

「既然有那種人在，根本不需要我們吧……？」

焰不由得確信，接下來不管發生何種戰鬥，只要有西格拉特在就勝券在握。

回答焰的是罕見地表情嚴肅的才子。

「妳傻了喔？明明有那種傢伙在，還要特地把我們叫到這世界，就代表女神期待我們拿出更超過他的表現啊。」

聽了這句話，焰臉色蒼白。

「這是強人所難吧……」

不管自身的潛力有多麼驚人，焰實在不覺得自己能勝任那樣的戰鬥。

根本是強人所難。

「順便告訴各位，那是百年前魔王的攻擊留下的痕跡。」

朝著侍女所指的方向看過去，該處有一道怪異的溪谷。

「該不會……」

「是的。魔王的一擊使得大地凹陷了。」

「這怎麼可能贏嘛……」

那規模又遠在西格拉特方才施展的攻擊之上。再加上當時一度擊退了魔王，表示葛德路西亞當時曾有更強力的士兵。

要抵達那個境界，究竟需要累積多少修練？

實在無從想像。

不知不覺間，看戲的士兵們已經離去，看上去只剩下負責監視的士兵。

「話說回來，從這高度跳下去也沒事，真的必須強到不當人類的程度啊……」

因為四周氣氛恢復平靜，焔不經意地從城垛探頭往下看。

「咦……？」

遠在正下方的地面映入眼中的瞬間，過去從未懷抱的恐懼撲向焔。

那與死前目睹的光景彼此重疊，喚醒了記憶（傷痛）。

不講理與笑容。人類的醜陋。那一切猶如淤泥般混合攪拌，侵蝕焔的心。

視野天旋地轉，分不清楚自己是否仍穩穩站著。

想求助卻說不出話。

死亡的經驗在心中留下的傷痕比起焰認為的更深。

誰來救救我——

「——！喂！焰！」

因恐懼而窒息，彷彿就要沉到水底的時候，有人在自己的耳畔呼喚名字。

聽見那聲音的瞬間，心靈被拉回陽光底下。

是才子抓著焰的肩膀用力搖晃。

「對、對不起……沒想到有這麼高，一下子有點目眩。」

焰強作鎮定，但是這對才子不起作用。

「回想起跳樓時的事了？」

「欸，妳真的神經很大條耶！隨便提起人家死掉時的事！咦……奇怪？我有提過我是跳樓嗎？」

仔細回想，焰應該完全沒有提過自己的死因。

「不，只是根據各方面的觀察這樣猜想而已。」

「拜託把妳的觀察力用在更有意義的地方啦！」

「是霸凌？」

「……哎，差不多就是這樣。我想逃離膚淺人性的噁心之處。因為突然就跳樓了，其實不太有自殺的自覺。就是受不了啊，用妄想把無關的事實和事實連結起來，只因為『聽起來合理』就自以為發現了真相。」

五章 「穿龍槍」

不講理與笑容。人類的醜陋。

「雖然聽不懂妳在講啥，不過妳經歷了壯烈的人生啊。順便告訴妳，我是被子彈掃射打成蜂窩。」

「這些事就不用說了啦！我不想知道更多日本的黑暗面！」

「在下是——」

「我就說不用了，真的不用配合她！」

「本人則是——」

「妳是故意的吧！」

「都都美是——」

「連小都也這樣！」

為了無謂的小事而扯開嗓門的對象近在身旁，不可思議地讓心頭有陣暖意。

「討厭啦，大家一起鬧我！西格拉特先生的戰鬥也看完了，回去嘍！」

為了不讓嘴角的笑意被看到，焰轉過身。

六章 「初次出任務 ～歡迎來到葛達利村～」

一般在接受入隊測驗前，有必要先學習有關戰鬥的知識與技術。焰等人跳過了這個階段，於是在法梅亞的安排下領到介紹信，前往各自分配到的場所修行。

焰在咒術院加深對火焰魔法的知識，刃則在練兵場接受戰鬥訓練。

另一方面才子則住進大教堂，從事以魔法治療傷患與病人的工作。順便被灌輸了擔任神官的思想矯正教育……話雖如此，理所當然不見成效。

在訓練開始後大約一星期，焰終於領到了裝備。

「鏘～！怎麼樣？這把杖很可愛吧？」

焰在眾人的房間——其實是她們擅自宣示主權的古鐸夫家某個房間——向眾人初次展現她專用的武器。

她手中的手杖有著精巧可愛的造型，不過凶惡的性能與其外觀相反，從手柄部分的孔洞吹進火焰，火焰就會從手杖前端猛烈噴射。

「啊～在教會工作超煩的說～」

「請至少給一點反應啊！」

六章 「初次出任務　～歡迎來到葛達利村～」

「吵死了！妳在那個只有可疑謠言傳出的咒術院，居然被當成孫女疼愛啊！」

「哎呀～好像很少有年輕女生跑去。嘿嘿嘿……」

焰事先聽說咒術院代表了葛德路西亞黑暗面的一部分，因此提高了戒心。但實際造訪才發現，那是個溫馨如家的學校，她還被當成孫女般疼愛。

有關火焰的魔法難以掌控且危險，聽說幾乎等同禁忌，也因此適性者和使用限制同樣嚴苛的咒術一起，全被強制集中於咒術院。

一群被大眾屏棄的人聚在一塊，對自己人也格外寬容。

「無法接受～我可是天天都被敲頭耶。」

「反正一定是妳惹人家生氣吧？」

「那個死老太婆，絕對饒不了她。我在世上最討厭的就是凡夫俗子殺死天才的腦細胞。」

神官的立場是以神之名為眾人治療，因此言行舉止會受到嚴格規範。光看才子平常的言行舉止，不難想像她會被屢屢敲頭加上嚴厲說教。

「實際去學魔法我才重新體會到，原來我們真的來到異世界了。」

「妳的是超能力啦。」

超能力也和魔法差不多吧？雖然焰這麼想，但好像似是而非。

「不過人家說我著火也沒事，是因為被賜予了這類加護喔。」

「我記得魔法之中需要刻意發動的是『魔術』，隨時發動的則是『加護』吧？所以妳有些魔法的適性嘍。」

魔法大致上可區分為「魔術」與「加護」兩類，不過「加護」的定義比較廣。身體強化等幾乎能在無意識下發動的能力為例外，「加護」不同於需要經過詠唱或集中意識的「魔術」，只要有魔力就會自動發動。

那不只會寄宿於肉體，也能寄宿於物質上。比方說當作路燈與室內燈使用的礦石燈也是其中之一，材料是注入魔力就會發光的石頭。

「其實魔術我不太行，雖然能稍微挪動放出去的火焰，但是沒辦法像師父那樣射出火球……我真的有什麼資質嗎……要滅火倒是很行就是了。」

雖然女神說焰擁有打倒魔王的資質，但那終究只是可能性，如果潛力沒有覺醒，就只是個身體會冒火的女高中生。

見過夥伴們的奇異之處與西格拉特的強大實力後，一度湧現的自信已經變得輕如一陣風就能吹跑的紙屑。

「這些先擺一邊。沒有什麼趣事能聽嗎？我們這一星期可是天天都看家！」

身穿女僕裝的普蘿特神情厭煩地一把推開焰的憂愁。

普蘿特和專心讀書的都都美不同，也沒有想做的事情，似乎成天幫忙女僕做家事打發時間。

眼下她正看似不悅地盤腿坐在床上。

「都差點忘了。我有個有趣的點子要給看家組。」

六章「初次出任務　～歡迎來到葛達利村～」

才子呢喃說著：「想起來了。」站起身。

「那個說教女神之前提過『靈魂扭曲會變成異形』對吧？治癒魔術中，除了提升肉體治癒能力之外，還有作用於靈魂以治療的魔術。簡單說，在這個世界靈魂和肉體是密不可分的。」

「哦～？所以呢？」

看家組好奇地聽著才子的話，身子向前傾。

「所以啦，我學會了在治癒能派上用場的『目視靈魂術』，來看看妳們兩個非人組的靈魂！」

「不愧是才子！學會這種東西，本人只有不好的預感！」

一如普蘿特所言，焰也只有不好的預感。而才子的回應是充滿慈愛的笑容，更強化了這份預感。她絕對心懷鬼胎。

才子要兩人坐在床畔，手貼在普蘿特的胸部。

「靈魂正常來說是漂亮的圓球，不過也許能看到驚人的東西喔。」

語畢，才子閉起眼睛，口中唸唸有詞。在她詠唱結束時，魔術似乎也發動了，按在普蘿特胸前的手開始散發淡淡光芒。

「哦……好像真的有種被偷看的感覺。」

不理會感動的普蘿特，才子起初也面露吃驚般的表情，但那表情漸漸轉為困惑。

「咦？怎麼了？本人的靈魂怪怪的？」

「不是啦，該怎麼說……靈魂這東西，就算種族不同也只會有質感不同，基本上都是球形。至於妳的嘛，雖然質感不一樣，但的確是工整的球狀。有金屬光澤的藍白球體。」

「啥？那不就是核心嗎？有夠無聊！」

普蘿特拋下這句話，倒向床舖。

「哎，仔細一想妳雖然是外星生命體，但在故鄉只是普通的存在吧……還有喔，妳的靈魂沒有和魔素相連的感覺。」

「是怎樣啦！這又是怎樣！怎麼回事！」

「魔素和靈魂互相感應而活性化變成魔力，魔術則是以魔力為動力而發動。簡單說，妳沒辦法使用魔法！」

「啊～啊！只有妳們能使用好玩的魔法！算了啦！低等生物就玩妳們的魔法吧！本人靠物理攻擊力就好！」

完全鬧起脾氣了。

雖然無法使用魔法，但是從人類的角度來看，她渾身上下的科技已經足以與魔術相提並論。但因為普蘿特鬧脾氣的模樣很可愛，焰沒有多說什麼。

「接下來……輪到都都美……！」

都都美少見地神情雀躍。原本以為看家時她總是乖乖讀書，大概還是難免覺得無聊吧。

「好，我要看了喔。」

才子和剛才一樣，把手貼到胸前。

六章 「初次出任務　～歡迎來到葛達利村～」

隨後和剛才一樣，皺起眉頭。

「嗯～形狀歪曲這點……哎，算是符合預料沒錯啦……不過混濁這部分讓我有點好奇。」

「混濁……？」

「類似靈魂受詛咒而汙穢的狀態啊……來到這邊之後也沒受到詛咒，或許是毒素產生器官的功能不全以類似詛咒的形式顯現吧。」

都都美似乎無法理解，歪過頭。

「簡單說，只要用魔術解咒，也許就能治好。」

聽了這句話，都都美的臉上頓時浮現喜色。

「要試試看也行，但不曉得結果會如何喔。都都美想怎樣？」

「結果怎樣……都沒關係……都都美……很會忍耐……」

「我知道了。那要開始了喔……『潔淨受詛咒的汙穢靈魂吧』。」

詠唱咒文後，都都美胸口的光芒稍微轉強。

「咕、啊啊……！」

同一時間，都都美因痛苦而開始掙扎，手按著胸口，發出難受的呻吟。

「喂！才子同學！」

「沒有，我沒有失敗啊！應該吧！」

目睹那十分痛苦的反應，連才子也難掩驚慌。

都都美瑟縮著身子倒地後，背部開始蠢動。彷彿有其他生物在皮膚底下亂竄。

「小都，妳還好嗎？」

就在焰要跑向都都美身旁的瞬間，有東西從身體內側刺破她的背，猛然衝至外界。

向四周噴灑黑血而現身的物體，是沒有羽毛也沒有皮膜的翅膀骨骼。

形狀不若鳥類，近似於蝙蝠。

「……該不會這才是本來的模樣？」

「也、也許是吧……？」

上氣不接下氣的都都美回答才子的疑問。

「小都，不會痛嗎？」

「嗯，沒事了……本來就習慣會痛……」

「這種事情用不著習慣啦。」

焰不禁想到都都美的境遇，胸中一陣酸楚。雖然那感受大部分來自與自身境遇的相似之處。但焰對自己胸中的痛楚視而不見，只顧擔心都都美的安危。

她連忙確認都都美的背部。出血似乎已經止住了，血跡並未繼續擴大。都都美說過自己再生能力特別高，原因大概在此吧。

「可是，身體感覺怪怪的……」

「因為身體構造實際上改變了啊。怎麼樣，毒素產生器官有沒有正常動作，分得出來嗎？」

六章 「初次出任務　～歡迎來到葛達利村～」

這翅膀究竟有何種功用？才子仔細觀察那翅膀。

焰原本也以為影響的會是與毒素有關的器官。那翅膀究竟是什麼，她完全無法想像。

「嗯？不曉得……」

或許是因為過去被當成失敗品，都都美對自己的身體似乎也不甚瞭解。她觸摸著身上各處，讓只有骨架的翅膀反覆開闔。

最後她突然喃喃說著：

「啊……快逃……」

「嗯？」

「咦？」

在眾人理解這句話的意思之前，一陣霧氣沿著翅膀的骨骼開始噴灑。那想當然是毒氣。

「不妙！」

「別想一個人逃！」

首先察覺危險的刃打算逃走的瞬間，腳踝被才子一把抓住，身體撲向地面。

「哼！」

也許是出自不甘心，刃為了不讓任何人逃走而按住門板。

「為什麼啦！」

門被緊緊關閉。當然焰也無法逃出房間。

無益的互扯後腿。三個人感情要好地一起被毒氣包圍。

「糟糕……手腳動不了……」

那毒氣會使四肢動作遲緩，不允許任何細小的動作。

該說是不幸中的大幸吧，幸好只是這種程度的麻痺毒。

「對不起！對不起！」

「啊哈哈哈哈哈！啊～好好笑！啊哈、啊哈哈哈哈！」

都都美驚慌失措地連連道歉，天生不受毒素影響的普蘿特則是看著倒地的三人捧腹大笑。這該死的混帳外星機械生命體。

「真是的，我原本還想多唸妳們幾句，不過沒時間了，之後再說吧。」

練兵場上，古鐸夫將銳利視線投向引發毒氣騷動的五人。

「今天是在法梅亞大人的特意安排下，特別讓妳們五個人一起接受訓練。哼，居然獨占整座練兵場，我也是第一次體驗。」

似乎是顧慮到無法公然亮相的兩人而特別安排，現在練兵場場內只有古鐸夫與焰等人一共六人。

雖然不像測驗時那樣置身眾目睽睽之下，但是現在這景象也有種壓迫感。或許是因為意識會不由得注意到練兵場的寬廣。

六章 「初次出任務　～歡迎來到葛達利村～」

「所以說，請問一下～……那個到底是什麼呢……？」

焰戰戰兢兢地問。

從剛才就在籠子裡一直發出低吼聲的東西，究竟是什麼呢？

「今天要進行的是更貼近實戰的演習，妳們要與魔物戰鬥。這叫『棘犬』，是這附近也很常見的魔物。」

棘犬是一部分骨頭猶如尖刺般自體表向外突出的犬型魔物。

此刻籠內的牠正發出低吼，作勢威嚇著眾人。

「果然是魔物啊……恐怖耶……」

「放心吧。棘犬只是比尋常野狗稍微凶暴一點罷了。」

「呃，尋常野狗也很恐怖了耶。」

焰回憶起過去一度遭遇野狗的經驗。光是與未經人類馴養的動物對峙，就會讓人不禁畏縮。

「哎，和魔物的戰鬥只要慢慢習慣就好。明天妳們得去鄰近的葛達利村出第一次任務。在那村莊擔任駐屯所長的路特魯多是在金盾徽章中名列前茅的強者。雖然現在有了差距，不過過去曾與西格拉特並駕齊驅。要乖乖聽他的指導喔。」

「畢竟我也不想再死一次嘛。」

對此，才子之外的四人也點頭同意。

「那我要釋放棘犬了喔。」

古鐸夫把手放到籠子的門上，空氣瞬間為之緊繃。
門猛然向上拉起。棘犬瞬間朝著焰筆直奔馳。
「欸、咦咦咦咦！好像朝著我來——我的肚子啊啊啊啊！」
焰只是慌張地揮著手中的手杖，呆站在原地，肚子挨了一發頭槌。
「妳是在幹嘛啦？」
「嗚咕……一想到要殺狗，感覺就下不了手……如果是壞人應該就能放火燒掉就是了……」
「妳那樣才恐怖吧。」
出乎意料的痛楚讓焰倒在地上，縮起身子。
雖說是魔物，但是殺害動物這種行為讓她心生抗拒。同時她也覺得，如果對方是有惡意的壞人，也許比較能心無芥蒂地放火燒。
「我剛才忘了說，棘犬的武器不只有尖刺，還有堅硬的頭部。被頭槌撞到可是很痛的喔。」
「這種話早點說啊，大叔。唉，交到我這天才手上，區區小狗只要一瞬間——我的腰啊啊啊啊！」
才子意氣風發地大言不慚，結果被已經靠近她背後的棘犬一頭撞倒。
「看到魔物靠近先警告我啊！」
才子倒地吶喊，後仰著腰。

六章 「初次出任務　～歡迎來到葛達利村～」

雖然所有人都知道，但是誰也沒說，展現了心有靈犀的默契。

見到兩人接連被擊沉，刃瀟灑地阻擋在棘犬面前。

「在下示範給各位瞧瞧吧。」

氛圍和剛才兩人不同，棘犬第一次後退。

「坐下！」

命令突然響起。

即便是理應未受馴養的棘犬，也憑著本能理解了話語的意義，立刻乖乖坐下。

不過比起眼前的情景，刃發出大吼聲更讓焰吃驚。

「哼哼，戰鬥不只有殺生，也有這種方法，學著點。」

刃洋洋得意，走向顫抖的棘犬。

「這好歹也是戰鬥訓練吧？」這樣的疑問不免湧現於焰心中。

「握手。」

接著刃伸出手，示意棘犬把前腳放到她手掌上……但棘犬毫不猶豫地咬住那隻手。

「手啊啊啊啊啊！」

刃用沒事的那隻手刀敲向棘犬的頭。棘犬張嘴鬆開手，哀鳴慘叫的同時飛奔逃離。第三人擊沉。

「啊哈哈哈哈！啊哈、啊哈！咿～超好笑的！」

「普蘿特，妳就行嗎！」

刃按著流血的手，對著剛才一直捧腹大笑的普蘿特厲聲質問。

「本人就免了。本人沒辦法應付靈敏的動物，動作也做不到那麼敏捷。」

普蘿特坐在向古鐸夫借來的戰錘上，進入參觀模式。焰仔細一想，的確沒見過她靈敏動作的樣子。

「唉……雖然誇口說要打倒魔王，但看來前途坎坷啊……」

古鐸夫表情無奈，自然而然吐出嘆息。

當他煩惱地思索方法時，高亢的鳴叫聲傳來。

五個人同時將視線轉向聲音來源。

眾人注視之處，只見都都美已用短劍一招刺死了棘犬。

劍身細長的短劍自棘犬的下顎貫穿頭部，很明顯是一劍致命。

順帶一提，都都美在任務或外出時會換穿女僕手工縫製的服裝，設計上方便活動。除此之外，好像正在準備能遮掩膚色的長手套與長靴、面具與附有兜帽的上衣等。目前正火急趕工中。

她的翅膀似乎能自由伸展或收納，目前已收進體內。雖然都都美的再生能力似乎很高，但是每次收放翅膀都會伴隨觸目驚心的流血，讓焰不忍卒睹。

都都美拔出劍，滿臉笑容地跑向眾人身旁。

「都都美努力了！」

她任憑劍鋒滴著血，表情像是在索求誇獎。

「啊～很棒喔，小都。好乖好乖好乖好乖！」

「呵呵，雖然還不太會用毒，但都都美也能戰鬥喔……！」

感受到都都美的喜悅，焰伸手撫摸她的頭。

這樣大概才是正確的吧。畢竟打倒魔王這個目標，就在這種行為的延長線上。

「我們之中最強的是都都美啊。厲害喔。」

「嘿嘿嘿……」

才子也開始撫摸她的頭。

「然後最弱的就是焰吧。」

這句話讓焰的手停了下來。焰的身子就猶如心中燃起的火焰般悠悠站起，唯獨在臉上掛起了平靜。

「才子同學好像運動神經還不錯，但是我能噴火喔？戰鬥能力在才子同學之上。」

「妳身上贏過我的頂多只有胸部的大小吧。啊，屁股和大腿的尺寸也贏吧。」

火星開始在兩人之間迸射。都都美察覺危機，悄悄溜走。

「啊……才子同學該不會是在嫉妒我的身材太好？」

超低次元的舌戰。

焰搬出唯一能炫耀的優良身材與之對抗。

「怎麼可能啦？妳之前明明還因為屁股太大卡到門框。」

「才沒有那麼大！真虧妳能想到這種粗鄙的話來取笑人耶！我就來修正妳那爛到骨子裡

六章 「初次出任務　～歡迎來到葛達利村～」

的人格……不，用不著修正了，用火燒最快！讓妳明白是誰在上！」

「有種放馬過來，一瞬間就放倒妳。」

兩人拉開距離對峙，舉起武器。

目睹一觸即發的情況，刃和普蘿特一面摸著跑來避難的都都美的頭，同時無謂地看戲。

既然不參戰，至少要派上用場——兩人以這種理由叫普蘿特擔任裁判。她那懶散的嗓音輕輕飄過練兵場中央，戰端就此掀起。

「預備～……開始～」

「髒東西就該燒乾淨！」

如此吆喝的同時，焰喚來世紀末莫西干頭流氓的人格，自手杖前端噴射火焰。

那柄手杖不只是手杖，同時也能輔助無法控制火焰的焰，代替她固定噴射方向。猛然噴出的火焰轉瞬間就蓋住眼前景物。

但是，才子並不在那片火焰之中。

「妳才是髒東西啦！」

才子躲過火焰，一口氣拉近距離，壓低身形，掠過地面般的掃腿絆倒焰的腳。

「嗚咦？」

視野突然間猛然搖晃，焰還無法理解當下狀況，突然間眼前景物便變成天空。

「輕鬆簡單～贏啦！妳才髒東西！」

不知何時才子已經跨坐在焰身上，將短刀直指著焰。

「咿————！我不甘心————！」

嘶啞的哭叫聲響起。

勝過才子的要素唯獨胸部屁股大腿的尺寸，這樣的現實擺在眼前，焰不禁慟哭。

「看清楚嘍？都都美，那就是髒東西。」

普蘿特指向兩人。

隔天，初次出任務的日子——

焰一行人要出發前往葛達利村時，古鐸夫前來送行。

「千萬不要惹出麻煩喔。」

「我、我盡量……」

從昨天起古鐸夫就屢次耳提面命，但是焰沒有自信不惹出麻煩。

「話說喔，大叔在場還能理解，為什麼連輕浮男都在？」

「話說得真冷漠耶。」

順帶一提，西格拉特也來送行。

西格拉特雖然因為才子的冷淡態度而傻眼，但表情依舊一派輕鬆，看起來沒有受傷的反應。

六章 「初次出任務　～歡迎來到葛達利村～」

「送第一次出任務的新人出城是我的習慣啦。」
「該怎麼說，還真認真耶。」
焰稍微期待也許只有她們特別受到看重，但他似乎對所有人都是如此。
西格拉特看似輕佻，不過似乎心懷信念。見到那模樣，焰有種「好前輩」的印象。
「認真……這樣算認真嗎？」
聽焰這麼說，西格拉特露出了有些尷尬的表情。
「雖然說實話也許會讓妳們害怕……」
輕佻從那張臉上消失。
「因為也許再也見不到面了啊，我想先記住長相。」
焰等人不禁屏息。再也見不到面，意味著生離死別。
雖然聽說幾乎沒有危險，但還是可能有個萬一。
西格拉特想記住身為「天賦異稟者」而守護民眾的隊士長相，這也許是他心中身為「天賦異稟者」的責任。
「可是五人中有兩個人不給我看臉啊！只要一下下就好，臉讓我看一下嘛。」
「我偏不要。」
不只是身穿甲冑的普蘿特，連戴著面具的都都美都把臉轉向一旁。
「是身世問題？還是我嚇到妳們了？不，一定應該是因為嚇到妳們了吧，抱歉！正要第一次出任務，當然不想聽這種憂鬱的話吧。不過只要聽從指導官路特魯多的指示就好了。那傢伙很強的。」

身為護國聖盾將的西格拉特，也十分信賴指導官路特魯多。既然如此，焰同樣想相信不會出事。

「我覺得稍微吃點苦頭比較好就是了。」

古鐸夫的視線很明顯指向才子。

「哈哈，你明明就沒這樣想。對了對了，我和路特都是古鐸夫先生的學生喔。」

「哦～是這樣啊。」

出乎意料的關係。

「雖然嚴格但是誠實，所以我才會發自內心想成為能擔起責任的人。」

周遭旁人對他的信賴深篤，原因大概就出在這種地方吧。

「我在他們兩個年輕時候照顧過他們，真是有夠棘手。」

大概是受到稱讚而害臊，古鐸夫臉龐發紅，挪開視線。

「我從以前就大而化之，不過路特那傢伙太古板了啦。」

「是啊，好幾次找我討論正義和大義。」

「最近每次見到他，他也都會質問我的覺悟，問我送新人離城的心態究竟有多認真。雖然和他比試幾乎沒有輸過，但那種時候的路特魄力就是不一樣，很嚇人啊。」

看來路特魯多不只實力高強，還是個嚴厲古板的人物。

「嗯～感覺好像是個很古板的人呢……」

也許工作環境會比想像中嚴肅。萬一對方詢問自己何為正義、何謂大義，該怎麼回答才好呢？

大概是察覺了焰憂鬱的心情，西格拉特補充說道：

「不會啦，沒事的。平常的他是個笑臉盈盈又好相處的傢伙，對新人不會逼問這種事啦。」

「原來是這樣啊，太好了……雖然不曉得這樣安心對不對。」

「沒關係沒關係，以後在自己心裡找到答案就好。」

「我會加油……」

無論如何，現在只能去做自己能做的事。

「喂，差不多該走了啦。」

由於時間是早晨，心情不好的才子催趕出發。

「嗯，路上小心。」

「千萬不要亂來喔。」

焰一行人在兩人的目送下，搭上了馬車。

焰等人坐著搖晃的馬車，抵達了任務地點葛達利村。

葛達利村同樣也是牆壁包圍的聚落，置身木牆的守護之中。牆外是一片廣大的農地，怡然悠閒的田園風光映入眼中。

長時間乘坐搖晃的馬車，特別是有機物組（普蘿特以外）都因臀部遭受嚴重的持續性傷害而煩躁。

「初次任務是村莊的警衛，感覺好普通喔。我還以為會叫我們去屠龍呢。」

因為懷著與強敵帥氣戰鬥的願望，這感想半是期待、半是偏見。不過焰自己心裡也隱隱約約明白，這種遊戲般的事件實際上不會發生。

「妳的奇幻世界觀是怎麼搞的？怎麼會叫一群連實戰經驗都沒有的傢伙們馬上接危險的任務？」

「哎，是這樣沒錯啦～」

初次任務徒具虛名，實際上無異於實地研習。聽說用意是在指導官的指示下，實際體驗實戰。

目的似乎是讓人完成簡單又安全的任務，藉此培育自信。

葛達利村雖然非常適合這種狀況，但是來來往往的村民投向眾人的眼神都顯得冷漠。從那目光就能推知殲劍隊在民眾心中的風評。

如果有信賴和實力也許會受歡迎，但目前一項也沒有。除此之外再加上奇裝異服。目前只能別放在心上。

「聽說這村莊附近，只有那種叫做棘犬的不太可愛的狗會出沒吧？」

「因為距離葛德路西亞很近啊，異形野獸的『魔獸』之中，好像只有幾乎無異於野生動

六章 「初次出任務　～歡迎來到葛達利村～」

物的傢伙出沒。人形又有知性的『魔族』的聚落也不在附近。想必很適合剛經歷新手教學的新兵吧。」

「棘犬也很恐怖了說……哎，如果指導官……好像叫路特魯多先生？如果是個溫柔的人就好了。」

駐屯所距離大門不遠。

設置於一旁的修練場內空無一人。她們朝著駐屯所探頭一看，裡頭也沒人。原本以為剛好沒人在，但更裡頭的房間傳出細微的說話聲。

剛來到陌生地方，不安的焰頓時感覺心裡踏實許多。

「不好意思～」

「來了，請問是哪位……妳們是誰，可疑的傢伙！」

不過從裡頭的房間現身的男人一見到焰等人的模樣，頓時露骨地對眾人板起臉。那男人似乎比焰等人稍微年長幾歲，衣領上別著代表衛盾隊地位的銀盾徽章，散發銀灰光澤。雖然焰並非毫無錯愕的感受，但一行人是真的打扮怪異，這反應也在預料之中。

畢竟這次有非戰鬥場合卻穿上全套鎧甲的普蘿特，以及一身裝扮完全不暴露肌膚的都都美。

都都美的面具雖是女僕親手縫製，但不知是不是女僕本身的品味，形似鳥嘴面具，使得可疑程度暴增。

「我們可是新人殲劍隊，拿出誠意好好招待啊。」

「不好意思，這個笨蛋說的話請當作耳邊風。雖然我們真的是來執行任務的新人。」

「真的嗎～？」

儘管如此，男人仍舊投以懷疑的目光。這時平穩的話語聲打斷了他。

「好了好了，快請人家進來。」

這句話來自剛才男人走出的房間。由於門板上的牌子寫著「辦公室」，可以猜想這句話來自於何人。

「可是比想像中還可疑喔？」

「沒問題的，霍雷柯，有我在啊。」

跟著神情不悅、態度不佳的帶路人，焰一行人走進辦公室。

一進門，就見到在房間裡側的桌子旁，坐著一位笑臉盈盈的男性。聽說對方的年紀和西格拉特相仿，但也許是因為那沉穩平靜的態度，看起來年長許多。

有別於那和藹可親的臉龐，壯碩的身形的確是戰士的體格，肩膀也寬闊。盾形徽章在他的衣領綻放光芒。

「歡迎妳們，等妳們好久了。我是擔任葛達利村分部長的路特魯多。妳們就是之前鬧翻了葛德路西亞的新人？」

「話題傳得這麼快嗎……？」

仔細一想，也許真是茶餘飯後的好話題。不過，真沒想到傳聞已經來到鄰近村莊了……

「居然在測驗時闖進去，可是史無前例喔。為了入隊而做到這種地步，實在是群可愛的

六章 「初次出任務　～歡迎來到葛達利村～」

小姑娘。」

台詞聽起來雖然有些做作，但也許是因為那張柔和的笑容，不至於讓人感受到下流的意圖……然而——

「喂。」

才子小聲提醒的同時揮動手臂，焰這才注意到自己無意識間捏住了才子的袖子。

也許是因為正面感受到他人的好感，生平第一次的經驗讓焰手足無措。

他的確就如同西格拉特所說，是個常保笑容的親切人物。

「那、那個……其實這兩人不是殲劍隊的一員，可是那個……可以帶她們一起參加任務嗎……？」

像是要遮掩紊亂的思緒，焰介紹可疑的兩人。

過去她們靠著法梅亞的特別安排與古鐸夫的庇護才能正常生活，但此處超出了這些照顧的範圍。儘管古鐸夫送行時告訴她們應該沒問題，但事態如何演變都不奇怪。

「喔，這我不介意，因為偶爾也有這種人，基於某些理由而無法接受試驗，想憑著實力或實績進入殲劍隊的孩子。不錯喔，我更中意了。」

好感度逕自節節高升。

除了剛才帶路的霍雷柯正與才子互瞪外，房內一團和氣。但這時總是面露笑容的路特魯多表情蒙上一陣陰霾。

「本來應該會直接麻煩妳們去打倒出現在村莊附近的魔獸，但是最近出了些麻煩……」

「麻煩……？」

「嗯。近來有盜賊團在這一帶出沒，我們正忙著應付。在確定周遭足夠安全之前，恐怕沒辦法放妳們出去。」

盜賊團。焰立刻憶起來到異世界時遇見的第一批人。

「那個！」

「怎麼了嗎？」

「啊，呃……」

當時有刃大顯身手，不過自己目前仍是累贅。焰原本想提議陪同討伐盜賊團，但到了最後依舊說不出口。

「沒什麼……」

正因為是累贅，想為別人有貢獻；若要為別人貢獻，不能沒有實力。

儘管「實力」不限於暴力，然而焰的實力十分有限。

到頭來，如果跟過去也許會害人遭遇危險，她只能接受這般當然的結果。如同過往般，無法踏出那一步。

「哎，礙於當下情勢，希望妳們先待機。教會那邊有神官們會照顧妳們，就先去那邊吧。」

教會和衛盾隊的駐屯所一樣，建設在附近的聚落為居民服務。殲劍隊為任務而逗留於聚落時，教會提供餐點與住宿也是服務的一環。

在表情依舊不滿的霍雷柯的帶領下，一行人準備前往教會。此時路特魯多只叫住了焰一人。

「紅髮的女生……呃——」

知道他呼喚的是自己，焰轉過身。

「咦？啊，我沒有自我介紹啊。我叫做焰。」

「焰……是吧？」

那表情並非笑容而是嚴肅，筆直凝視著焰的雙眼。

「焰，妳是不是想一起去討伐盜賊團？」

雖然剛才自己的舉動非常露骨，但想法被一語道破還是讓心臟一陣狂跳。

「要說有這種想法的確是有，但要說沒有好像也真的沒有……」

才剛吞下苦澀的結論，無法坦承心中的想法，焰不由得自路特魯多身上挪開視線。

「這樣說儘管嚴厲，不過『世界』受到力量支配。雖然能理解妳想早點立功的心情，但是太過焦急也不好喔。」

「說的……也是……」

「然而即使沒有力量，試著掙扎我也不覺得是白費工夫。」

面對被迫認清現實而垂下頭的焰，路特魯多溫柔地說。

「也許掙扎後會見到一線光明，也許掙扎之後出乎意料地能順利解決。無論如何，踏出那一步的機會比妳想像的還要多。」

焰睜大了眼睛。

「當然了，千萬不可以亂來喔？」

「……是！」

不知為何，那句話為焰鼓起了勇氣。

「不好意思攔下妳。好了，先去教會吧。」

路特魯多笑著送焰離開。

在距離駐屯所不太遠的教會，擔任神官的少女迎接眾人。

「接下來就交給妳了喔，莉拉。」

「包在我身上！」

霍雷柯將焰一行人交給他口中名叫莉拉的少女，隨即返回駐屯所。

「哇～只有女生的部隊好稀奇喔！我們多聊聊吧！」

「哦，陽光少女……！」

神官少女莉拉和焰等人年齡相仿，個性開朗，纖長的睫毛十分可愛。她那滿溢而出的朝氣，讓焰不禁被震懾。

「啊，對不起！我沒什麼機會和同年齡的女生聊天，一時忍不住。」

「妳誤會了！我只是稍微有些吃驚……」

莉拉的神官服衣領上別著銅製的月輪徽章，和焰她們一樣是新人。

在各地的教會工作的神官，和衛盾隊同樣是從葛德路西亞派遣到各地，必須離開過去的人際關係。莉拉會因為遇見焰等人而雀躍，也是人之常情。

「那太好了。總之我就一面向各位介紹一面聊吧。」

殲劍隊的宿舍位在教會旁，看起來比村民的房子還要牢靠幾分，看得出對士兵的優良待遇。

房間是一人一間，也有休閒用的共用空間。

「話說回來，各位已經見過路特魯多先生了嗎？」

「嗯，見過了。」

「真是個了不起的人呢……」

看來莉拉似乎仰慕著路特魯多，臉頰微微發紅。

「會嗎？那種溫柔文雅的男人大多都是幕後黑手喔。這類的一到故事尾盤，就會從黑影中慢慢走出來說：『哼哼哼，真是群礙眼的垃圾，由我親手葬送妳們吧。』」

笨蛋不曉得又在說些什麼。

「不好意思，這個人腦袋有點──」

「這種事絕對不可能！路特魯多先生真的很溫柔！不只是衛盾隊的工作，他也時常幫忙村裡的事情，喜歡努力的人，也喜歡那些人的笑容。因為他這樣的人品，大家不是用原本的名號，而是稱呼他『愛笑的路特魯多』喔？」

名號一般來自戰鬥時的表現，原來那帥男有那種名號。

六章 「初次出任務　～歡迎來到葛達利村～」

「好啦好啦。只是開開玩笑，不要當真嘛。」

「知道就好！」

莉拉似乎發自內心尊敬著他。

「真是的，不要隨便製造隔閡啦。村人的視線已經很冷淡了。」

焰低聲說著，手肘頂向才子。

「而且不只是溫柔，他還非～常強喔。雖然現在地位還是金盾徽章，但我認為他有朝一日會和西格拉特先生一樣，被任命為護國聖盾將的。」

「哦～他果然很厲害嗎？」

「就是這樣。來到葛達利村就任前，他是足以擔負防衛葛德路西亞重責的強者喔。雖然最近出現盜賊變得有點危險，但之前和平到其他聚落無法相提並論。就連魔獸都不敢靠近呢。況且──」

這時突然傳來了「咕嚕」聲，聲音來自於聽見那聲音而面紅耳赤的莉拉腹部。

「糟糕……不小心聊太久了！午餐做好就會來叫各位！在那之前請好好休息！」

莉拉朝氣十足地離開。

「像個暴風的女生啊……」

「跟那傢伙相處好累。」

七章 「剛狼」

「不能一起吃真可惜。」

莉拉的眉梢下垂，表情失望。

在教會旁的小餐廳，準備了被派遣至此的神官與殲劍隊的餐點。

雖然有些聚落會有廚師在餐廳工作，但這村莊是由神官莉拉負責料理。

「不好意思，有些複雜的理由……」

焰從門的夾縫中探出頭來，拒絕了站在走廊上的莉拉的邀請。

用餐時都都美必須摘下面具，因此有必要與外人隔離。

雖然桌上擺著許多讓人食指大動的料理，但是無法一起用餐。

「哎呀，是我任性了！我明白的。總是有些不想讓人知道的事情嘛！」

「是這樣沒錯，不過可以的話，麻煩妳稍微小聲一點……」

「對、對不起！沒想到這麼多！那麼請慢用！」

莉拉快活地離去。

「到底多有朝氣啊？那傢伙能量無限嗎？」

七章 「剛狼」

「莉拉小姐大概也不願意被妳這種怪人批評吧。」

「有道理。」

「原來妳有自覺啊……」

「我天才啊。」

「啥？」

「啊？」

以言語簡單互毆的同時，焰也坐到餐桌旁。

香味撲鼻的麵包與果醬瓶擺在桌面上，還有配料豐富的湯與看似蘋果的果實。

「開動了。」

麵包似乎要塗果醬食用，但裝在瓶子裡的是褐色的黏稠物體。

要把神祕的物體放進口中需要勇氣，但畢竟是人家辛苦準備的，放著不吃也讓人內疚。

焰下定決心，以果醬用的小湯匙挖起一杓，抹在切片麵包上。

「開、開動了……」

無意識間說的第二次「開動」，大概是用來說服自己的，告訴自己「接下來我要吃這個了喔」。

她咬下一口稍微沾上果醬的部分，慢慢咀嚼。

「嗯嗯……嗯？」

焰歪過頭。大腦因為想像與現實的反差而混亂。

「也許……還算好吃？」

雖然和想像中的味道不同，但這味道也不差。

甜味之中帶有幾許酸味與鹹味，以及細微的刺激性辣味，豐富的層次在口中漾開。之所以有種柔和的感覺，也許是用上了奶油吧。

雖然適合麵包，但口味相當獨特，感覺也適合當肉類料理的佐料。那味道不是甜點類的果醬，更像是正餐用的醬料。

焰接連又吃了兩三口。

但她還是對果醬的材料在意。這時才子得出了聽起來合理的答案。

「啊～這個大概不是水果啊，是洋蔥之類的吧。」

「聽妳這樣說，好像真的是。」

的確如此，感覺類似洋蔥的風味。

一旦捨棄了果醬一定來自水果的先入為主，茶褐色果醬也能順利下嚥。不同於水果的果醬，充滿了蔬菜的獨特滋味與甜味，十分美味。

焰吃光了整片麵包。

接下來她端起了湯汁。

淡黃色的澄澈湯水中，泡著蔬菜菜葉與塊莖、切塊雞肉等，色澤也好看。

溫熱的湯汁隨著蒸氣飄出了挑動食慾的柔和香氣。這種讓人食指大動的香氣，怎麼聞都不膩。

七章「剛狼」

焰舀起湯汁與雞肉，送進口中。

雞肉咬勁十足，每次咀嚼就滿溢出肉汁，肉的鮮美滋味漸漸充滿口腔。肉汁與湯汁彼此混合，為焰提供味道漸漸變化的樂趣。

嚥下湯汁，那份暖意緩緩滲透身體每個角落，帶來安心感。

至於最重要的味道好壞……

「嗯！天然的味道！」

「妳就老實說吧，有夠淡。」

說好聽點是天然，說難聽點就是淡薄無味。

恐怕調味料只用了鹽吧。

這村莊雖然距離葛德路西亞不遠，但交易不算興盛，或許調味料的種類也因此不太豐富吧。

「雖然味道很淡，但這樣也沒什麼不好嘛。對吧，刃同學？」

焰向夥伴之中可能最習慣粗茶淡飯的刃尋求同意。

「是啊。」

一如期待，刃和自己同陣營。焰暗自竊笑。

「不過這並不重要……」

然而刃卻停下了用餐的手，面露寂寥。該不會害她心情不好了吧，焰在心中焦急萬分，因為這是她第一次見到刃露出這種表情。

刃究竟想說什麼？焰緊張得心臟撲通跳。

憂愁的刃停頓半拍，彷彿說出無法實現的心願般吐露思緒。

「在下想念白米飯……」

原來只是這樣啊。焰雖然為此安心，但是她自已也想念起白米飯了。

「仔細一想，一直都沒有米飯能吃耶。」

雖然不曉得這世界有沒有稻米，但目前從未見到。

日本人的血渴求著米飯。

「白飯是不錯啦，但我更想吃速食～」

雖然才子的心情同樣能理解，但不想讓她得意，焰並未附和。

「居然需要用餐，真是麻煩的生物。」

普蘿特脫下頭盔，沐浴在照明的光芒中，似乎正在填充能源，頭髮和眼睛微微發亮。

「本人只要有光照就大致沒問題，為何人類要用效率那麼差的能量補給手段？」

「去問神啊，去教會就能見到。」

「那是異世界的啊。」

事到如今焰才覺得，創造神就在伸手可及之處，還滿難以置信的。

都都美毫不在意眾人之間無益的對話，繼續用餐。

她連不需要用餐的普蘿特的份都吃了，而且從未介意味道好壞、究竟是何種食材等，只是默默地送進口中。

七章 「剛狼」

「我之前就覺得，小都真的很能吃耶。」

雖然根據本人的描述，都都美至今從未受過像樣的待遇，但是焰這才明白單論食物方面並非如此。因為身材纖瘦，焰擅自認定都都美一定平常就吃不好，但其實都都美的體質怎麼吃都不會胖。

聽到有人提起自己的名字，都都美停下用餐的手。

「代謝能力……？好像很高，說是有必要吃很多。」

「仔細一想，妳也提過再生能力特別高。有需要先積存營養吧？」

「被燒、被打爛……都能變回來……！」

都都美充滿自信地舉起拳頭。

也許是因為再生能力高於正規品，受過特別的耐久度測驗吧。

「嗚嗚，真不想知道這種事。特別是在吃飯時……」

不禁想像了耐久度測驗造成的結果，焰險些吐出剛才吃的午餐。

或許是感性與一般人大相逕庭吧，都都美本人似乎無法理解究竟有何問題。

用過稍晚的午餐，眾人回到自己的宿舍，無事可做而悠哉打發時間。正確來說，是除了打發時間外無事可做。

路特魯多他們掃除盜賊團需要多少時間呢？無論如何，在那之前只能乖乖看家。

在這般心情煩悶的下午時分，訪客來到了殲劍隊宿舍。

「喂，妳們幾個。」

往玄關大門一看，是剛才的衛盾隊士霍雷柯。

雖然臉龐五官還算工整，但是鄙視般的眼神糟蹋了一切。

「妳們想要功勞吧？」

他劈頭便逕自說道。

「你說功勞，該不會是……」

用不著特地確認，他的意思只會有一個。

「沒錯，盜賊很可能就潛伏在附近的廢村。今晚我們打算發動夜襲，不過妳們要不要搶在我們之前先討伐？正好可以爭個功勞吧？」

殲劍隊與衛盾隊同樣，待遇會隨著階級升高，當然也會被派遣至更危險的任務，但身為隊士理應當仁不讓。這男人似乎自認提出了符合眾人利益的提議。

然而那並非出自對焰等人的關懷。霍雷柯想減少自己人的麻煩，這般意圖昭然若揭。

「可是……」

儘管必須盡早提升實力，路特魯多的話語卻掠過焰的腦海。

在這世界，魯莽會輕易導致死亡。也許有些時候應當掙扎著咬牙向前行，但現在還不到那關頭。低階的魔獸或許還沒問題，但對方是人類。因為有智能，相對來說更加危險。

……然而，這裡有人不在乎這些理由。

「有意思。這件事我跟了。」

七章 「剛狼」

「等等，才子同學！太亂來了！」

不只危險，對方顯然只是出於自私。焰原本想當作沒這回事，卻無法阻止渴求刺激的才子。

「反正只是嘍囉吧？早早收拾掉，快點回家去吧。回去吃好吃的。」

「應該要更慎重一點啦。」

才子大概也並非真的輕視對手，但這不是如此草率就能決定的作戰。

「不，這傢伙說的對。會淪落到當盜賊的，大多是沒有魔法適性的無能傢伙。除非被偷襲，不然就算是新人也能隨隨便便打贏。」

對方以唇舌煽動。

在這世界上，雖然程度有高低差異，但絕大多數的人都能使用身體強化的魔術。根據他所言，不包含在「絕大多數」的人，大多會淪落為盜賊。

也許實際上真的能輕鬆**解決**，卻也不能因此草草同意。

「擔心的話妳就待在這裡。我可不是挖苦妳。就算有我在場，受傷還是有可能救不回來，但我也不想要因為這樣就跟大家乖乖待在這裡虛度光陰。」

才子說的話也很有道理。

雖來到了異世界，但眾人已經是這世界的一分子。當這世界瀕臨危機，眾人身上藏有能阻止的能力。若不採取行動，到頭來會傷腦筋的還是自己。

環顧四周，有幹勁的不只才子一人。

「可是……」

焰不禁語塞。

正當她煩惱著究竟該如何阻止時，掃除不安的話語聲傳來。

「你們幾個在談什麼？」

聽起來平穩，卻滲出令人發毛的怒意。

「路特魯多先生！」

「嗨。」

路特魯多先對著焰面露笑容，隨即對霍雷柯擺出嚴厲表情。從那銳利的視線，看得出他已經大致理解對話內容。

「剛才看見霍雷柯走進宿舍，我還在想你打算做什麼……」

「我其實也是為這些傢伙們著想……」

「藉口就省了。」

霍雷柯雖然想辯解，但路特魯多的冷淡態度毫無改變，讓他話說到一半便戛然而止。

不理會臉色蒼白的霍雷柯，路特魯多陷入沉思。

短暫的沉默時間流逝。

一度閉起眼睛的路特魯多結束了思量，視線轉向焰等人。

「好，我決定了。我原本打算徹底保衛村莊，但接下來我就一個人前去討伐盜賊團吧。

況且如果要等到晚上，霍雷柯和妳們可能都會擅自行動。不過，假使妳們有覺悟，只有妳們可以跟我一起來。當然了，我會盡己所能保護妳們。」

嚴肅的眼神。

開出了有金盾徽章同行的安全條件，為眾人準備了踏出第一步的機會。想當然耳，將不安要素放在手邊管理的想法肯定也少不了吧。

才子的回答似乎馬上就決定了，她以視線詢問焰的決定。

焰陷入苦惱。

她並非不會感到不安，但總是難免有個萬一。自己的力量究竟能否派上用場還是未知數，有可能害自己人受傷，甚至喪命。雖然她想派上用場，但是不願意扯後腿。

搖擺不定的漫長遲疑——焰猜想才子一定心情煩躁，投出眼角餘光偷偷打量。

結果才子出乎意料地冷靜，似乎正等待焰拿出答案。

見到那身影，焰決定了答案。

「我要去。」

她嘗試掙扎。這就是答案。

「請讓我跟著一起去。」

無論自己怎麼回答，才子大概都不會有怨言。正因如此，焰明知有危險，還是接受了提議。

見到平常總是旁若無人的才子並非硬拖著焰一起去，而是尊重焰的回答，焰發現自己並未真正信任夥伴們。

不只是路特魯多，刃也身手高強。

才子腦袋靈光。都都美雖然被視為失敗品，但也被當作兵器培養長大。

普蘿特力氣大得嚇人，但其他一切成謎。不過畢竟是外星生命體，應該沒問題吧……應該吧。

「我明白了。那麼我先去做準備。妳們準備好了就到大門前等我。霍雷柯則和蓋爾與凱特一起負責守著村子。目前雖然盜賊還沒襲擊過村莊，但也不曉得現況會持續多久。不要鬆懈了。」

「是！」

接到指示後，霍雷柯快步離開宿舍，像是想逃走般加快步伐。

「妳們也別因為有我在就鬆懈喔。對方雖然是無能力者，但已經殺害了相當數量的平民。那是群殺人不眨眼的傢伙們，不要寄予同情。」

隊伍裡沒有人會同情盜賊，焰希望他別操心。

「那麼就晚點見了。」

笑容重回路特魯多臉上，他追向霍雷柯般離去。

確定路特魯多的身影消失後，才子便欣喜地咧開嘴角而笑。焰有種不好的預感。

「很好！這樣就能大家一起比賽誰殺最多人了！最後一名要接受懲罰喔！」

「這個人真的很差勁耶！」

一度相信的自己真是笨蛋。

七章「剛狼」

才子可是對罪犯就能毫不猶豫進行人體實驗的人，掃除邪惡根本只是娛樂。

「哎，懶得再想了。早點開始準備吧……」

話雖如此，因為不願意被才子的言行擺布，焰並未收回前言。

在門外等候時，臂彎中攬著頭盔的路特魯多現身了。

「抱歉讓妳們久等了，換穿甲冑很費工夫。」

路特魯多的武裝是全套鎧甲與長槍，槍尖的造型猶如闊刃劍。

覆蓋他全身的銀色鎧甲，也許是因為那俐落簡約的造型，看起來十分輕盈。

披在鎧甲上的罩袍也是白色，一身潔淨的打扮實在不像準備參與戰鬥。

「哦，不錯啊。」

刃充滿興趣地觀察那身裝備。

「妳這樣盯著瞧，我也會害臊。」

「不好意思。武器防具類總是會挑起在下的興趣。」

原本滿腦子只想著斬殺惡人的焰，來到異世界之後似乎理解了比試的樂趣，也對武器防具萌生了興趣。

「哦，偶爾也有妳這種喜歡裝備的孩子。只要階級升高，就會被允許使用昂貴的武裝，如果想穿這類的，就努力辦妥任務吧。」

「在下更有鬥志了啊。」

明明面無表情，只有眼神彷彿觀賞英雄秀的少年般閃閃發亮。

在葛德路西亞，殲劍隊與衛盾隊的裝備都是配給品，如果階級不夠高，就無法取得想要的裝備。

一方面是為了節省資源，另一方面是萬一死了，裝備有可能被盜賊或敵方勢力奪走。正因如此，新人必須從較安全的任務慢慢累積實力。

「順帶一提，這鎧甲只要注入魔力就會硬化喔。」

「哦！」

路特魯多口中這套擁有魔法能力的防具，也是高階級才能取得的裝備。

「這種事不重要啦，快點走吧。」

「抱歉抱歉。」

路特魯多笑得爽朗，在前頭領著隊伍出發。

走在兩側都是農田的道路上，務農的村民們紛紛對路特魯多揮手，路特魯多也揮手回應。就如莉拉所說，路特魯多十分受到村民的愛戴。

一陣風吹過，拂過麥田。

這片悠閒的農園風光，實在不像正要去殺人的路上。

七章「剛狼」

走了一段時間後，遇到道路分歧。朝著森林深處延伸的那條路，光看茂盛的雜草就知道是通往廢村的方向。路上只有馬車的車轍並未長草，也許是過去被車輪壓得緊實。

「有種不好的感覺呢……」

「雖然還沒有動靜，但是死角不少，不要鬆懈喔。」

為了隨時都能迎擊突襲，路特魯多戴上了頭盔。

氣氛詭譎的道路。不只是陽光被樹蔭阻擋而陰暗，那股陰暗給人不好的預感。

走上通往廢村的道路，沒多久焰的預感就成真。

雖然因為茂盛的草木而看不清楚，但損壞的馬車被棄置在路旁。

才子見狀，立刻上前確認。

「勸妳不要看比較好。」

「我很習慣了，別操心。」

把路特魯多的忠告當耳邊風，她撥開長草，走進草叢中。

「她還真是堅強呢。」

路特魯多跟在後頭如此呢喃，不過這時候的焰還無法理解兩人間對話的意義。

「這種程度，在研究所早就習慣了。」

「研究所？原來妳是學者啊。」

「哎，差不多啦。我的研究主旨是擴增人類的可能性，有助於人類的進步。像是裝甲外骨骼化，以及生物性連接有超震動刀刃的附肢之類的。」

「呃，我聽不太懂……」

「聽不懂也沒關係喔～！」

雖然不知為何才子突然聊起人體實驗，焰只知道沒必要理解其內容。

在這樣的對話中，才子突然冒出的一句話，讓焰理解了剛才兩人間那段對話的意義。

「啊～被啃得亂七八糟。」

焰感到一陣毛骨悚然。

雖然不在視野中，但倒在該處的不只有馬車，還有原本乘坐馬車的人。

若仔細傾聽，可以微微聽見蒼蠅的振翅聲。大概正爬滿在屍體上吧。

「還沒腐爛，看來還很新。而且女的也沒穿衣服，恐怕就是**那一回事**吧。」

「看來盜賊的確就在前方。此外，馬車的損壞狀況也讓人在意。這麼大的爪痕，是魔獸幹的好事，甚至有可能是盜賊馴養的魔獸。」

「魔獸真有辦法馴服嗎……？」

「要看種類就是了。哎，這種程度的話，有我在就不用擔心。」

足以破壞馬車的大型魔獸。

要馴養那種生物，理所當然需要飼料。

也許是在掠奪與凌辱之後，將乘客當成飼料了。

不禁想像了那光景，焰感到一陣噁心。

七章 「剛狼」

無論真相為何，同樣都是憑著自私自利的理由讓人喪命，焰無法分辨是憤怒或悲傷，強烈的不快在胸中打轉。

「加快腳步吧。」

在路特魯多的催促下，一行人繼續行軍。

剛離開村莊時的悠哉氣氛，早已不知去向。

氣氛緊繃，每一步都覺得沉重。一面維持戒心一面行軍，除了體力消耗外，精神的疲憊更讓人吃不消。

路特魯多與刃對周遭動靜十分敏感。但焰也不能因此放鬆。

雖然她繃緊了神經，然而一路向前走，卻什麼事都沒發生。一行人都來到廢村附近了，依舊風平浪靜，除了精神疲憊又多加了白費力氣的感受，只是徒增疲憊。

「廢村馬上就要到了。」

雖然被蒼鬱的森林掩蓋，但好像很快就會進入視野。

感受到戰鬥的預感，緊張更加提升時，背後傳來光芒。

所有人都轉頭向後，從樹林的葉片隙縫間，見到一道光芒朝著天空延伸。

「那道光是……凱特的魔術嗎？」

那不是普通的光，是攻擊魔術。

代表村莊中發生了戰鬥。

「糟糕了，也許是我離村時被敵人看見了，又或者是有內應……不，現在沒空想這些。

不好意思，我要全速趕回村裡，因為對方很可能帶著先前破壞馬車的魔物。各位請充分提高警覺，調頭回到村裡。」

路特魯多不待眾人回應，立刻轉身。雖然他穿著全套甲冑，飛馳離去的速度仍然驚人。轉瞬間就只剩下焰一行人。

「呃……我們也回去吧？」

焰說著，打算回到村莊時，刃抬起手攔下她。

「被包圍了喔。」

「咦？」

焰掃視四周，放眼望去只有草木。

恐怕只有感覺敏銳的焰才能察覺吧。

雖然被包圍了卻按兵不動，表示對方恐怕也有所提防。

「很好～！既然這樣，我們就賽跑到視野開闊的廢村吧！」

「啥？」

若要確保周遭視野良好，與其沿著道路折返，奔向應該已經不遠的廢村比較快，但這也代表著直接闖進敵人的據點。

「在下斷後。」

「先等一下！」

突然間就被敵人包圍、突然間就決定要賽跑到廢村。狀況變化之快，讓焰的思考完全追

七章 「剛狼」

不上。

「本人第一～！」

「喂！我還沒說可以起跑啊！」

「都都美……會加油！」

普蘿特偷跑般搶先起跑後，才子與都都美也追了上去。

「請等一下啦！」

五個人在土石裸露而凹凸不平的道路上一路奔跑。

背後不時傳來有東西被彈開的聲音，大概是刃彈開了箭矢吧。

要奔向恐怕是盜賊據點的廢村雖然讓焰不安，但同時也有股難以言喻的亢奮。

大概沒有跑太久。因為一心一意只顧著奔跑，她們不知不覺闖進了腐朽的村門。

那是個比葛達利村更小的村莊，散落於村內的幾戶民房很明顯久未修繕。

村莊一片寂靜，感覺似乎杳無人蹤。但同時彷彿要顛覆那印象般，空瓶倒在地面上，也留有生火的痕跡。

追蹤至此的追兵似乎也屏息潛伏，現在只能聽見風吹草木的窸窣聲。

猶如要打破這份寂靜，家屋的門猛然敞開。

焰等人連忙舉起武器。

然而，從門中現身的那人擺明了很不對勁。

「救命啊——！」

尋求救助的那人，是個雙手被繩子綁住的年輕女性，凌亂的衣物骯髒不堪，或許是旅行藝人吧，款式顯得有些花俏，本人也是不輸給服裝的美女。

女人可能是因為雙手被綁住，跑了幾步就失去平衡而跌倒。

「喂！不准逃！」

女人跌倒後，裝扮粗鄙的男人一面怒吼，一面從同一間民房衝出。

他手中拿著短刀，抓住倒地的女人，將刀刃抵在她的側頸。

「妳們都不要動。誰敢動我就割斷這傢伙的脖子——」

如此說著，盜賊男性想對眾人示意手中短刀——然而……

「……啊？」

男人愣住了。他的眼睛找不到剛才的確還在的右手掌，因而陷入混亂。

「綁來的只有這女人嗎？」

男人從自己數秒前的位置，聽見陌生的女性嗓音傳來，他回過頭。

該處有個手持滴血武士刀的烏黑長髮女人，夥伴的屍體倒在她腳邊。

緊接著，他突然注意到，自己變得猶如殘株的右手腕正噴出腥紅的鮮血。

於是他頓時理解了——

「我、我的手啊啊啊啊啊——！」

——在錯身而過的同時，突然出現在背後的女人砍飛了自己的右手。

「唔，這樣答不出話吧？」

七章 「剛狼」

「只、只有我而已！」
代替只能呼天搶地的男人，女人回答。
「明白了。」
刃立刻拔腿奔馳，接二連三砍破民房門板，一發現盜賊就當場斬殺。
轉瞬間發生的一連串狀況，不只是那男人，就連焰等人都還來不及理解。
當焰理解了眼前發生的所有事，剛才喊叫的男人已經安靜下來了。
「嗚哇、嗚哇啊啊啊啊——！」
突然的吶喊讓焰轉頭。
原本躲藏在其他民房的男人高舉起軍刀衝了上來。那近似慘叫的吶喊，明白顯示男人已經陷入恐慌。
不知是為了復仇，又或是預感自身死亡，導致他完全失去冷靜，捨棄了偷襲這個選項。
緊接著，那男人被才子與都都美以小型的刀劍輕易切割。
「啊～兩個人一起殺的話要怎麼算？」
「妳真的想比人數？」
她究竟把道德觀念忘在何處了？似乎真的想競爭殺人數量。
「捉迷藏嗎？好玩耶！」
在背後，普蘿特正以戰錘砸毀民房。牆壁被粉碎的轟然巨響之中，不時參雜著盜賊們的慘叫。

盜賊們雖然是惡人，但焰不禁覺得有些可憐。遇見這些猶如世界末日的傢伙們，純屬惡有惡報就是了。

焰拾起掉在地上的短刀，為被逮的女人割斷綁住她的繩索。

「請、請不要離開我身邊！」

話雖如此，焰的手卻因為恐懼而顫抖。現在自己正置身真正的戰場，死亡就近在身旁。

重獲自由的女人默默地抓住焰。

那表情實在稱不上安心。

儘管焰還不習慣戰鬥，但至少強過一般人。焰回憶起西格拉特告訴她的「天賦異稟者應為凡人之盾」這句話。

即使守護的範圍不大，但在這範圍內的一切，就要拚死守護才行。

我要保護她。

在焰做好覺悟的瞬間，一根箭矢射穿了眼前女性的頸部。

「咦……？」

女性的身體被箭矢的力道推倒，躺在地面上。

她睜大了眼睛，嘴唇欲控訴般屢次開闔，但最終並未吐露言語。

焰決心守護的事物，轉瞬間輕易自指間流落。

「可惡，射歪了啊！」

她將視線轉向聲音的來向，有個壯漢手持十字弓。從他口中的咒罵可知，他原本瞄準的是焰。

十字弓在構造上重新搭箭需要時間，因此男人捨棄了十字弓，拔出腰間的劍。

「什麼嘛，妳的身體也滿不錯的啊。」

原本一臉煩躁的男人，臉上突然間掛起了下流的笑容。

「如果妳不抵抗，我可以好心讓妳活著當玩具喔？哎，就算死了我也行啦。」

舔拭般的視線。

那視線究竟指著何處，也不需要特別確認。

他毫不介意剛才殺掉的女人，單純注視著眼前的**樂趣**。

「幸好第一次要殺的是你這種人。這樣就能心安理得燒死你。」

焰舉起手杖。

她的手已經不再顫抖。

「捉迷藏嗎？好玩耶！」

普蘿特發現了盜賊正從民房窗戶悄悄窺視，立刻蹬地逼近，揮出戰錘。

「嗚哇啊啊啊啊！」

民房碎裂崩塌。慘叫聲四處逃竄。

七章「剛狼」

僅僅一擊，就轟飛了幾乎半幢民房。

待在牆邊，或是被飛散的牆壁碎片擊中的人，免不了重傷，甚至當場斃命。

至於運氣好沒被倒塌民房波及的倖存者，普蘿特也不會追逐。她依序粉碎每一棟可能藏身的民房，將盜賊趕出屋外。輸贏已是其次，她看著慌張逃竄的盜賊而欣喜。

「被襲擊的人的心情，明白了沒～？」

沒人有空檔能回答問題，刃與才子她們將之一一化為不再言語的肉塊。

「在下往村裡前進。」

「知道了～加油喔。」

因為周遭已經一片死寂，刃便前去尋找其他獵物。

「才子妳們要幹嘛？本人會繼續砸房子就是了。」

「嗯～那就先來**製作**幾具乾淨的屍體吧。我有些事情想試試看。」

「反正一定不是什麼正經事吧？」

「妳很懂嘛。」

見到才子挑起嘴角而笑，普蘿特從發聲裝置播放嘆息聲。

雖然還在劍的攻擊範圍外，不過位置近到對方能一口氣逼近。

男人尚未做出決定性的行動，但焰也同樣無法動彈。

「魔術師為了集中精神，嘴巴一定要唸唸有詞吧？這種時候就會毫無防備，我都知道喔。」

在男人眼中焰似乎像是魔術師，等待她詠唱魔術的時機。

焰的火焰雖然並非出自魔術，但是不曉得對方的身手，還是無法輕率行動。對手儘管其他盜賊被殺也依舊冷靜，況且體格也壯碩，萬一被他逼近會有危險。

雖然只能靜觀其變，不過如果對方先發制人，焰也有可能反應不及而被殺。

空氣緊繃得彷彿會割人，呼吸自然變得急促。

正眼面對死亡，思考迴路無從抵禦地陷入混亂。究竟該怎麼行動才能獲勝、能否逃走、有沒有辦法存活？她簡直毫無頭緒。

明明才剛下定決心要戰鬥，儘管慚愧，但她仍舊無法動彈。

一道汗水滑過臉頰。

「要繼續互瞪也是可以啦，但只要老大一來，妳們區區隊士就會被隨手撕成碎片喔？」

男盜賊挑釁，想讓她失去判斷力。

雖然可能只是虛張聲勢，但是見到這慘狀依舊眉毛都不挑一下地說大話，或許他真的信賴頭目的實力。

儘管聽說盜賊是無能力者最終的下場，卻無法保證頭目也同樣是無能力者。

若真是如此，眾人正處於比想像中更危險的立場。

七章「剛狼」

就在焰決定不管三七二十一噴射火焰之際，狗的長吠聲傳來。
咆哮聽起來來自遠方，但是響亮得足以撼動空氣，焰直覺理解發出這聲音的絕非尋常野狗。
焰的身子不禁猛然一顫，但對方也一樣。
男人也許自認露出破綻而焦急，一個箭步衝上前來。
現在不動手就會沒命。焰不得不下定決心。
「燃燒(Fire)吧！」
她短促念誦，將火焰注入手杖握柄處的洞口。火焰穿過杖身，從前端猛然噴出。
男人無從抵抗，被火焰吞噬。
「啊啊啊啊啊啊啊！」
「不好意思，這其實是超能力。」
基本上真正的魔術詠唱，大多是簡短句子組成的文章。但焰的詠唱單純只是提振她的鬥志。
也許因為殺害的是惡人，罪惡感沒有想像中強烈。
話雖如此，同樣是殺了人，罪惡感輕到讓焰不禁自我厭惡。
感受這般陰鬱心情的同時，焰不知為何，視線無法抽離眼前那熊熊燃燒的盜賊。
舞動火舌的色彩、刺耳慘叫的音色、人體燃燒的氣味。
這一切都緊緊抓住焰的意識。

周遭世界失焦而模糊，唯獨搖曳的火焰與受到高熱折磨而打滾掙扎的男人身影鮮明地烙印在視網膜中。從未經驗的亢奮與陶醉。

就在意識即將溶解的瞬間——

「焰！欸，焰！」

突然間肩膀被用力搖晃，世界再度清楚對焦。

「妳是怎麼啦？感覺怪怪的耶。」

思考也轉為清晰，她理解到是普蘿特正對自己說話。

「奇怪？我剛才怎麼了？」

不知何時，手杖已經脫手落地。

「還有，妳的臉。」

普蘿特用指尖輕敲著自己的頭盔的嘴角部位。

焰以為嘴巴沾到東西，伸手輕撫臉頰……

「啊……！」

焰連忙舉手掩嘴。

她發現，**自己盯著被燒死的男人，臉上浮現淺笑**。

「焰和才子也是同類啊。」

「應該……沒這回事吧。」

焰只能沒自信地否認。

七章　「剛狼」

戰鬥似乎結束了，不知不覺間四周重回寂靜。話雖如此，身旁卻沒看到普蘿特以外的人。其他人是不是在尋找有沒有躲藏的盜賊？

掃視四周，四處都是屍體，特別是普蘿特的犧牲者大多都不成原型。

「嘔嘔嘔嘔！」

目睹那太過悽慘的情景，焰不由得嘔吐。

「這先擺一邊。妳有聽見剛才的長嘯吧？之前提到的魔獸也許在這附近。」

焰回憶起馬車的殘骸。

如果造就那幅慘狀的元凶就在此處，若不在此阻止，今後將會造成更多死傷。這次一定要出力戰鬥才行。

告訴自己現在不是嘔吐的時候，焰使勁踩穩雙腿。

「我們走吧！」

焰與普蘿特朝著聲音的來源，也就是村莊中心處前進。

越靠近村莊中心，戰鬥聲就越來越清晰。

當她們抵達廣場時，首先便見到了氣喘吁吁的刃。

「怎麼了嗎？」

「大事不妙。」

「我就知道……」

焰沿著刃的視線看過去，見到交戰對手。

目睹那身影的瞬間，焰啞口無言，因為她原本以為對手應該是魔獸。

「竟敢殺掉我的部下！宰了妳們這群死小鬼！」

對眾人散發憤怒與殺意的對手雖是人型，但絕非人類。

「怪物……」

怪物——那身影也能如此形容。

肉體被毛皮包覆，頭部則無異於狼。

若要分類的話，也許能稱之為「狼人」。但是那模樣要歸類於狼人，又顯得太過扭曲。

遠遠看上去也明白其高大，渾身的肌肉異樣發達。特別是肩膀和手臂的肌肉似乎過度肥大化，有些部分的肌肉甚至撐破毛皮而裸露。

能輕易咬死柔弱人類的尖銳牙齒排列在血盆大口中，但是手臂上長了一整排尺寸更大的牙狀尖刺。

一眼就明白，馬車鐵定是這魔族破壞的。對他來說，肯定只需要等同打扁蒼蠅的力氣。

彷彿要證明那份力氣般，地面四處都被打裂或掀翻。入隊測驗時遇見的重裝戰士的猛力一擊，他憑赤手空拳就能發揮。

「這就是……魔族……」

雖然聽聞過魔物之中有些能輕易擊倒身經百戰的隊士，但眼前這剛狼無疑就是其中之一，狀況就連刃也評估「大事不妙」。儘管只能逃走，然而焰不認為對方會任由她們逃走。

「這氣味……妳們之前也殺過我的部下吧？」

七章「剛狼」

他指的大概是來到異世界馬上就遇到的那群盜賊吧。

剛狼的臉龐因憤怒更加扭曲，恐怕絕對不會放眾人離開。

「哦，襲擊馬車的盜賊啊……哼，因為遇見太沒家教的野狗，在下就代你教訓了。」

「狗居然不是寵物卻當起主人來了。汪汪！」

「喂喂喂，等一下，幹嘛挑釁啦！會被殺喔！」

果不其然，剛狼更加激動。

「宰了妳們！一個也不留，通通吃了！」

剛狼吶喊，露出滿口尖牙，骯髒地噴濺口水。

「看吧！人家生氣了啦！」

盜賊團的頭目蹬地，發揮了與那龐大身軀不相符的敏捷，轉瞬間就逼近至三人面前，粗如樹幹的手臂高高舉起。焰明白了自己的死期。

「焰，危險！」

那條手臂當頭揮落的前一個瞬間，焰感覺到強烈的衝擊從側面而來。

察覺到時，焰已經朝著側邊被撞飛。她看向上一個瞬間自己所在的位置，該處的普蘿特挨了剛狼的爪擊，猛然飛出去。剛才普蘿特為了保護焰不受剛狼的攻擊，使勁推開了她。

普蘿特穿在身上的鎧甲被扯裂，密布於內部的細線裸露在外。

「好痛啊啊啊啊啊！」

但是，手臂傳來的劇痛讓焰無暇擔心普蘿特的安危。

「好痛——啊，不會吧？折斷了？」

焰看向劇痛的手臂，手臂在沒有關節的部分彎折了。

為了保護焰不受剛狼攻擊，普蘿特隨手一推卻用力過度，把焰整個人給打飛了。

「啊哈哈，抱歉～」

帶笑的道歉傳來。

「之後再說教！」

拜託別在這種狀況下胡鬧。

不過，剛狼的意識集中在刃與普蘿特兩人身上。挑釁與胡鬧使得剛狼火上心頭，眼中根本就沒有注意到焰。

聽說由於魔術師相當棘手，經常被優先狙殺。雖然普蘿特可能是為了焰而扮演丑角，但是絕對沒有必要使出折斷手臂的力氣。

普蘿特拾起戰錘，與刃一起與魔物對峙。

「普蘿特，有勝算嗎？」

「很難說。能打中應該行，但是大概打不中。」

「這樣啊，在下也不覺得有勝算。」

「那就只能拚死命試試看了。」

重新握緊武器，兩人同時開始奔跑，隨後展開焰的肉眼追不上的戰鬥。

對手不斷施展一旦命中就足以致命的攻擊，刃遲遲找不到機會逼近。就算抓住破綻衝上

七章 「剛狼」

前去，對方也會以超乎常人的反射速度閃躲。彼此都出招攻擊，但也互相識破彼此的攻擊，不曾命中。

每當剛狼揮動手臂，地面就隨之凹陷，猶如地震般撼動地面。

普蘿特的打擊雖然更勝於剛狼，每一擊都足以擊碎地面，但是被對方以同時應付刃也從不減緩的反應速度閃躲。

反倒是攻擊後的破綻遭對方逮到，被那條巨臂掃飛。

刃就算抓住剛狼的意識轉向普蘿特的那一瞬間而揮刀，也只能造成割破一層皮的傷口。雖然在等待對方消耗體力，但是我方也同樣越疲憊就越危險。而且對方遲遲沒有倦色。

正覺得情勢會越來越差的時候，方才不見人影的笨蛋的大喊聲傳來。

「妳們好像玩得正開心嘛！也算我一份！」

那當然是才子的聲音。她身旁站著陌生的巨漢。巨漢手中拿著軍刀，看起來似乎追隨著才子。

「老大啊啊啊啊啊救救我哦哦哦哦哦！」

「眼睛、眼睛看不到啊！」

「我的身體是怎麼了啊？」

壯漢同時發出好幾人份的聲音。

不可能的不只是聲音。看起來不若人類的除了那龐大的身軀外，手臂竟然有四條，而且乍看之下握在手中的軍刀，其實是代替手掌般直接接在手腕上。

「唉……真沒想到妳居然這麼誇張。」

「唔嗯。無言以對。」

見到兩人似乎有所察覺，焰這才猜到那巨漢是何種存在。

「該不會……」

「怎麼樣啊！見到自己疼愛的可愛部下被做成B級恐怖片怪物的心情！」

「禽獸（瘋狂科學家）不如！」

那正是才子的人體實驗產物。本部隊的瘋狂科學家似乎欣喜若狂，臉龐在愉悅中扭曲。簡直是邪惡的代名詞。

「取名為『恐怖！潛伏於廢村的殺人軍刀男』！」

「拜託給人家取個更像樣的名字啦！不，問題不在這裡！」

「殺了那條狗！軍刀男！」

名字馬上就被省略的軍刀男，聽從才子的指示一直線衝向剛狼。原本應該是剛狼的部下，不知為何乖乖聽從才子的命令。

雖然焰不知道才子究竟做了什麼，唯一只確定一件事——那絕對是傷天害理的行為。厭惡感非同小可。

必須向這種邪惡的化身求助，讓焰萬分慚愧。

話雖如此，才子想拯救夥伴的心情似乎並非謊言，她見到手臂折斷的焰，立刻就一直線衝了過來。才子飛快詠唱治療魔術，治好了折斷的手臂。

七章 「剛狼」

骨折部位的疼痛雖然消退，但著火般的發熱隨之湧現。似乎是一口氣治癒了重傷，使得肉體起了反應。

「那個……到底是什麼？」

「只是用魔術把靈魂縫合起來的簡易人工魔物。應用了治癒魔術喔。」

「應用的方向差勁透頂……」

萬一這件事曝光了，會有什麼下場……到時候就假裝不認識吧。

「老大，救救我啊啊啊啊啊！」

軍刀男一面朝著眼前的頭目求助，一面出手攻擊。他胡亂揮舞著連接軍刀的手臂，跌跌撞撞地不停奔跑。

剛狼瞬間衝到軍刀男面前，一拳揍倒他。

「混帳東西！竟敢耍我！」

剛狼發出了讓人直想摀住耳朵的咆哮，猛然砸落拳頭。

「你以為那傢伙是只會亂揮手臂的笨蛋嗎？」

就在拳頭即將打碎軍刀男的頭部時，他（？）的身體急遽開始膨脹。

「怎麼了？怎麼回事？」

剛狼抽回手，提高戒心想向後跳開。就在這時，軍刀男的上半身爆裂了。

「咕啊！」

同一時間，自軍刀男身體內部向外噴出的黑霧覆蓋了周遭。

焰曾經見過那股霧氣。那是……

「那是……小都？」

上半身爆裂之處，在霧氣的正中央站著一名嬌小的少女。

焰反射動作般地瞪向一旁的才子。

「我把都都美也裝進去了！」

「妳在幹嘛啦！討厭！」

焰用力一拍才子的肩膀。

「很痛耶。我當然是確定沒問題才這樣幹的。都都美不只是肉體，靈魂的再生能力也高人一等，所以稍微修改一下也會馬上恢復原狀。」

「就算這樣也不行！」

再拍一掌。

「小都也是！不要幫她做這種危險的事！」

都都美一面散布毒氣，一面對焰揮手。

「哎，也罷。妳們幾個，撤退了！」

不是趁機給予最後一擊，而是撤退。

看向應該正受毒素侵襲的剛狼，他正若無其事般揮臂趕跑霧氣。儘管當時眾人一瞬間就四肢麻痺，看來毒對他效果不明顯。

但是動作與感官確實變得遲緩。都都美自部下的身軀中現身並灑毒後逃走，他也沒有追

七章 「剛狼」

趕。焰握住了跑向自己的都都美的手，轉身就跑。
幾秒後，焰反被腳程更快的都都美拖著跑。

之後她們不顧一切只管奔跑，但是焰沒有跑過森林的記憶。不知不覺間就跑在通往葛達利村的道路上。
「呼、呼……！」
上氣不接下氣。自己的體力居然能支撐至此，連焰自己都驚訝。也許是因為緊要關頭，又或者自己其實也有身體強化魔術的適性？
直到認為已經安全了，焰疲憊不堪地走向村莊時，見到有人影聚集在村莊門口。
「那是在幹嘛啊？」
「善後工作啦。」
「善後？」
一行人更靠近村莊時，焰總算明白了才子的意思。盜賊的屍體陳列在該處。絕大多數的屍身上都留有被亂劍刺殺般的傷口，死相十分悽慘。
門前除了霍雷柯之外還有兩名男女，也許就是名叫凱特和蓋爾的隊士吧。
霍雷柯原本正忙著陳列屍體，但一見到眾人便愣住了。

起初焰以為他看出一行人一度被捲進激烈的戰鬥而吃驚，但反應不太對勁。

簡直像是撞見幽靈般，愕然無語。

見到那表情，刃板起了臉。焰覺得罕見而看向刃，那嚴肅的表情一瞬間就變回平常的面無表情。

「妳們幾個是怎麼了？尋常盜賊有這麼棘手嗎？」

反應有點假。

「怎麼可能啦？是我們陪那些尋常盜賊玩了一場罷了。」

才子毫不掩飾煩躁，如此回答。

「話說你們呢？處理這些快樂的屍體，好像很有趣嘛。」

「快樂的屍體？」

焰剛才只注意到霍雷柯等人的反應，現在才發現陳列於此的盜賊屍體臉上表情的異狀，嘴角絕大多數都僵硬地咧開，要說是在笑，是有幾分類似。

「是啊，畢竟是跑去當盜賊的傢伙，本來就不正常吧。」

霍雷柯口吐乾笑，沒有多加回答。

「才子同學，先別管這些，先去見路特魯多先生吧。」

「也對。」

雖然觸目情景盡是可疑，但現在就算逼問，對方也只會裝傻。

比起這些事，還有更需要及早報告的問題。

七章 「剛狼」

路特魯多人在駐屯所的辦公室。

「妳們這模樣……啊，我真的該陪伴妳們到最後才對……不過沒事就好。」

他以發自內心的安心表情，迎接焰等人入內。

路特魯多雖然已經脫下鎧甲，但飄盪不散的血腥氣味述說了一切。

「路特魯多先生，其實……」

焰解釋了廢村發生的事。

破壞馬車的不是魔獸，恐怕是魔族，至於魔族就是盜賊團的頭目。而才子的非人道行為當然她並未提起。

隨著焰述說狀況，路特魯多的表情也越來越凝重。

「狼型的獸人魔族嗎……我沒聽說過這種魔族。要不是來自遠方，不然就是……」

「人為製造的魔族，對吧？」

路特魯多睜大眼睛。

「真是驚人。妳也抵達了同一個結論啊。」

「因為服裝不太對勁。」

「服裝？」

焰回憶起那魔族的模樣，卻想不到奇怪之處。只記得對方上半身赤裸，穿著猶如破布的長褲。

「從褲子的破裂狀況來看，大概是身體突然肥大化了。」

「……對喔！」

剛才與那樣凶惡的對手對峙時，焰沒有注意那麼多，但是回過頭來仔細一想，的確不對勁。

如果是身材原本就如此的種族，應該會選擇符合自身體格的服裝。既然不是這樣，背後很可能有某些原因。

「妳們可能也聽說了，傳聞中魔王再度開始活動。如果盜賊團的頭目被變成魔物也是那活動的一環，事態恐怕比想像中更嚴重。妳們沒被殺，很可能只是他還沒習慣魔物的身體。既然特地費工夫製造魔物，不可能製造弱的。一旦適應了肉體，就連我也難保有勝算……」

路特魯多表情依舊凝重，取出了紙，不知寫了些什麼。

「妳們的研習暫且取消。這是向護國聖盾將求援的通知書。一定要殺了那傢伙才行。妳們把這個帶回到葛德路西亞。」

焰接過文書。

「今天已經天黑了，麻煩妳們明天在日出時就出發。」

「是！」

出乎意料的事態接連發生。有朝一日，眾人必須擁有自己解決這種狀況的能力。在那之前，一定要提升實力才行。

正當焰心中湧現使命感，抵達宿舍之際，才子開口說道。

七章 「剛狼」

「好，那麼就先開會決定焰的懲罰吧。」
「那次比賽還有效喔？」
就算出了意外，似乎還是免不了懲罰。

八章　「咬殺」

晚餐後，五人沒有點亮房間的燈光，討論道：

「大家也都覺得霍雷柯先生他們很可疑吧？」

話題當然環繞著回到村莊時霍雷柯等人可疑的表情。

「那些傢伙有股獐頭鼠目的氣味。」

「我同意。至少他們應該覺得我們活著會礙事。」

刃從未歇息，自窗口窺視外界，監視著霍雷柯等人有無可疑行徑。

剛才不只是霍雷柯，就連一起處理屍體的兩人都表情驚訝，可以認定三個人是一夥的。

根據路特魯多所言，凱特似乎是魔術師，因此兩人之中的女魔術師是凱特，剩下的戰士壯漢大概就是蓋爾吧。

「大概不久後他們就會去跟那條瘋狗通風報信。最快就在今晚。」

盜賊團頭目想必已經離開廢村，只要跟蹤霍雷柯，就能查明頭目的藏身處。眾人如此計畫。

「找出位置之後，就回來報告路特魯多先生，對吧？」

八章 「咬殺」

「不，不行。」

才子斷然否定。

「咦？為什麼啊？」

「由我們打扁他們，搶下這個功勞。」

「又在講這種蠢話！」

「妳之前明明就急著想爭功，反倒應該感謝我吧？」

「請更認真去想！」

雖然才子以爭取功勞的名目提議要掃蕩盜賊，但是焰也知道那單純只是藉口。

「哎，老實說，要是跟那個帥男報告，這次鐵定會被他阻止。就算那傢伙親自追蹤，萬一瘋狗趁著空檔跑來村子，村子就完蛋了。但如果他鎮守在城鎮裡，又有可能會讓瘋狗逃掉。所以我們去是最好的。」

「如果妳已經想好了，就早點說出來啦……！」

焰現在正因為初次實戰而疲憊，希望她先拋開無謂的玩笑話。話雖如此，想爭功可能也是真心話。

「我當然有想過啊。我是沒有義務要救這個陌生的世界啦，不過既然都扯上關係了，我也沒冷酷到就這樣置之不理。」

眾人已經是這世界的一分子了——才子也萌生了這樣的自覺。雖然個性極端、我行我素，但她也已經面對這個世界。

因為她積極採取行動，焰覺得她的信念比自己更強。

對才子的敬佩與自我厭惡同時湧現之際，普蘿特理所當然般地打岔。

「其他部分無可救藥就是了。」

「少囉嗦！」

的確大部分都無可救藥。

「所以呢？才子同學覺得有勝算嗎？」

實力差距大到一度被迫撤退。如果無法彌補差距，到頭來依舊只能任憑他逃走。而且這次還要一併賠上五個人的性命。必須慎重行動。

「關鍵是都都美。妳還能放毒嗎？」

「剛才……吃飽了……！」

都都美舉起拳頭，表示自己沒問題。

看來產生毒素靠吃飯就能解決，但還是不想逼她太勉強自己。不過焰也明白當下狀況已經不容她再說這種話。

「銀盾的小嘍囉大概也在場，那邊就交給刃和普蘿特解決。問題在於那條瘋狗。剛才毒或多或少有效，只能押注在這點。趁他動作變慢的時候，兩個人一起上。然後一旦有了機會，就輪到妳上場了，焰。」

「我、我喔？」

「再怎麼厲害，只要被火燒，應該會受到不小的傷害。或者該說，只能指望妳的火焰。

八章「咬殺」

因為就連刃的攻擊，也幾乎不起作用。」

聽了這句話，刃稍微板起臉。不得不認輸，想必讓她不甘心吧。

「我會努力看看……嗚嗚，好緊張……」

雖然不被期待，不過光是可能成為決勝關鍵，就讓焰覺得快被壓力壓垮。儘管應該高興，然而至今出過太多洋相，她完全沒有自信達成職責。

不過，無論有沒有自信，現實仍舊逕自向前進。焰只能硬著頭皮上陣。

「都都美的毒素控制還不完全，一旦開始放毒，不到毒素用盡就不會停止。所以是一次決勝負。最優先是瘋狗。萬一苗頭不對就馬上逃走。我也不覺得所有人都能平安逃走，存活的人再跟帥男商量日後的去向吧。」

計畫連敗逃都納入視野中。光是想到這種可能性，焰就覺得胸口猛然縮緊。一點也不想再死一次。

「其他傢伙應該連問都不用吧……」

先這麼說，才子凝視著焰的眼睛。

「焰，就算這樣，妳還是願意一起來嗎？」

現在要逃走，還能得到諒解。

「妳雖然有戰鬥用的能力，但也僅只於此。妳直到不久前還只是一般人，真要分類的話，其實算是被保護的那一邊，這點事我也明白。儘管如此，就算只是百分之一也好，妳願意冒生命危險提升本次作戰的勝算嗎？」

雖然不想死，但也不想逃避。

「我也……」

焰握緊了顫抖的拳頭。

「我也去。我也已經殺了一個人，不會因會害怕就逃走。不可以逃走。」

雖是惡人，但她也已經殺了一個人，不能對那責任視而不見。

「妳的個性也太認真。哎，因為妳幾乎是個累贅，逃命的時候會優先讓妳逃走的，儘管放心吧。」

「這句話是多餘的！我都做好覺悟了耶！」

作戰會議結束之際，監視外頭的刃開了口。

「先安靜。」

這一句話讓緊張感傳遍房內，寂靜的空氣緊繃。

「看。」

刃以下巴示意。朝著那個方向看過去，只見霍雷柯、凱特、蓋爾三人正要走出駐屯所。

太陽早已西沉，唯有月光和礦石燈照亮著地面。

三個人似乎一面注意著周遭有無他人耳目，走過光亮黯淡的村莊，

「那麼，跟蹤開始啦。」

八章 「咬殺」

焰等人在三人大概走出村門的時間，偷偷溜出宿舍，盡可能避免醒目。跟蹤時分成前後兩組，前方組是擅長匿蹤的刃與都都美，後方組則是由剩下的焰、才子、普蘿特組成。

「如果他們只是出來巡邏該怎麼辦？」

焰詢問同樣是後方組的才子。

「怎麼可能？真是這樣，怎麼會是走出村子後比較放鬆？」

「這樣說也對……」

離開村子時，他們明明那麼注意周遭有無耳目，離開村子後，腳步卻顯得毫無迷惘。務農的村民在日落前就會回村。那毫不遲疑的步伐，擺明了就是因為用不著注意旁人視線。

為了避免跟蹤被識破，後方組與霍雷柯等人的距離越來越遠，最後轉變為追隨刃與都都美的背影。

兩人的背影走向通往廢村的道路。

「一抵達村子就被剩下的盜賊包圍……應該不會這樣吧？」

「就本人所見，應該沒有其他倖存者。除了那隻狗狗。」

廢棄道路非常陰暗，只能仰賴自葉片隙縫間灑落的月光。

夜裡的森林與白天來的時候截然不同，詭異得刺激發自本能的恐懼。

焰回憶起自古以來，西洋文化將森林視作「異界」。與人類平常居住的世界相比較，危險的森林猶如另一個世界。野獸與盜賊，除此之外，還潛藏著許多致命危險。

需要比白天更加提高警覺，每踏出一步都漸漸磨耗精神。

話雖如此，可能是運氣好，又或者只是野獸與盜賊正伺機而動，焰等人平安抵達廢村的正門。也許是安心了，焰自然而然吐氣。

稍微穩定心神後，焰探頭看向門內。

「奇怪？她們往更裡面進去了。」

「哎，代表對方也沒笨到留在此處吧。」

抵達村門後，刃與都都美往深處前進，這裡似乎單純只是經過點。

後方組保持充分的距離，繼續跟蹤。

她們邁開繼續跟蹤的第一步。穿過廢村正門之際，異臭頓時充滿了焰的鼻腔。她不禁舉起手臂遮鼻。

「嗚嘔，這臭味……」

血腥味。白天屠殺的痕跡。

村裡到處都是屍體。焰這麼想而環顧四周，然而情景不同於想像，令她吃驚。

放眼望去，一具屍體都沒見到。

取而代之的是物體被拖行的痕跡，以及隨之遺留的血跡。好幾條暗紅小徑匯聚為一，一路往村莊深處延伸。

屍體被聚集到某處了。不曉得有何目的。恐怕不是悠哉地追弔。

刃兩人也沿著那痕跡般前進，最後走出了村莊，再度進入森林。

八章「咬殺」

「原來這裡也有門啊。」

或許該說是後門。和焰等人剛才通過的正門不同，四周民房較少，一扇門悄然佇立於此。

一穿過門，血腥味更加濃烈。

焰忍受著作嘔的感覺，繼續向前走，在森林中步行幾分鐘後，抵達了血跡的終點。

血之小徑指向森林中突兀出現的懸崖，一直延伸到岩壁上的洞窟內。

刃與都都美躲在偏離小徑的一塊大岩石後方，對後方組招手，焰等人也同樣躲到該處。

兩人的視線指著洞窟前方，霍雷柯三人正朝著洞窟說話。

「雖然不求你原諒，但出了些失誤。」

他對著躲藏在洞窟內的某人解釋。

「失誤？你的意思是我的夥伴是因為失誤而被殺嗎！」

自黑暗中傳出巨響人聲。不出所料，他解釋的對象是盜賊團的頭目。

話語中灌注了對霍雷柯的殺氣與怒氣，他撕裂喉嚨般地扯開嗓門吶喊。

「果然是一夥的。」

一如預料，才子得意地冷笑。

霍雷柯他們之前果然打算殺了焰一行人。

「我又帶了那個來，當作賠罪。」

霍雷柯秀出小瓶子。裡頭似乎裝著液體。

「這根本不算什麼賠罪吧，混帳東西！況且那到底是什麼——」

狂怒的說話聲突然停止。

剛狼默默自洞窟現身，嘴巴周遭染上一片血紅，可以想見他剛才正在食用新鮮的肉。

「拿來。」

剛狼奪下了霍雷柯手拿的小瓶子，打開蓋子，喝乾裡面的液體。

雖然無法推測那會是什麼，但可以想像會造成威脅。

那推測馬上就化作現實，強行逼迫焰理解。

飲用液體後短短幾秒，剛狼開始痛苦掙扎。

「咕、啊啊啊啊——！」

因疼痛而喊叫，因苦楚而扭動身體。

那絕非毒藥。

在痛苦掙扎的同時，剛狼的身體更加肥大化，撐破自身毛皮。自指尖與身體長出的尖刺也變得更粗更強韌，轉變為更凶惡的形狀。

光是從樣貌上的變異，就能一眼明白其戰鬥能力之高。

畏懼而屏息的，不只焰一人。

痛苦掙扎的當下看起來毫無防備，但是靠近風險太高。是否該趁現在衝上前去，才子也無法定奪。

隨著變異結束，低吼聲平息。

八章「咬殺」

恢復鎮定後，剛狼壓低了肩膀，上半身緩緩前傾。

他究竟在做什麼？焰這麼想的下一個瞬間，才子吶喊。

「退後！」

「咦？」

理解這句話的意義之前，焰被才子猛然推開。

倒地的前一個瞬間，她見到剛狼站在剛才眾人藏身的巨岩原本應在的位置。

究竟是什麼時候？焰疑惑的同時，身體因為才子猛推的力道而在地面翻滾，全身上下傳來被毆打般的痛楚。

見到石塊在視野中如雨點撒落，焰這才明白，剛狼一瞬間就逼近，憑身體衝撞便擊碎了巨岩。

如果才子剛才沒推開焰，她已經死了。

「失算了！撤退！」

焰硬是被才子拉起來，隨即反射動作般朝村莊開始跑。

身體痛得彷彿要被撕裂，心臟因恐懼而劇烈搏動。

方才展現驚人速度的剛狼，不知為何沒有追上來。但一行人絲毫不認為他會放過眾人，一心一意只管狂奔。

穿過後門，視野轉為開闊。焰瞬間回頭投出眼角餘光，依舊沒見到剛狼。

就在這時，一陣暴風突然吹過焰等人身旁。

衝擊、巨響、沙塵。

眼前風景轉眼間便面目全非。

剛才還毫髮無傷地佇立的數幢民房，現在已成凌亂散落的瓦礫。

雙腿因為混亂與恐懼而停止。

焰緩緩回頭，見到數條深溝自森林延伸至此。

深溝的另一頭，則是舉起手臂的剛狼。

「抱歉，我該事先料想到這種狀況。」

才子如此低語，一道冷汗滑過臉頰。

剛狼只是揮出手臂，衝擊波就掀翻地面，破壞遠處的民房。

擁有了遠勝上次遇見時的戰鬥力，剛狼現在攔阻在一行人面前。

「這就是『力量』啊……！」

就連剛狼也不禁顫抖，因自身的力量而難掩驚訝。

「很好！非常好！這樣連路特魯多都能殺！要獵殺護國聖盾將也不是夢想！」

剛狼因為到手的強大能力而狂喜，就像是拿到了新玩具的孩子般純真無邪。

「不過，哎，在那之前先是妳們……吃了妳們所有人。」

話鋒一轉，他將銳利視線投向焰等人，眼眸中充滿了令人毛骨悚然的冰冷殺氣，為了替自己的部下復仇而熊熊燃燒。

「這下大概真的玩完了？」

八章「咬殺」

面對眼前的絕望，才子下意識擠出了僵硬的笑容。

另一方面，焰連一句話也說不出口，就連調整呼吸都辦不到。

刃與普蘿特、都都美也默默舉起武器，但是沒有人相信自己能活下去。

唯有背水一戰。

剛狼一步又一步走近，從腳步聲就能理解他對自身力量的自信，那份確信勝利的從容。

他並未焦急，而是極度冷靜，緩步走進確實能擊殺的距離。

焰甚至無法後退，只是強忍著恐懼，以免兩腿發軟。

「路特魯多先生……」

為了求助，顫抖的嘴唇之間擠出了名字。

不可能在這裡。他不可能聽見這句話。

早知道一開始就該拜託路特魯多——這種話只是事後諸葛。不管選擇何種選項，都可能會有人死。

真的不想死。就在她這麼想的時候……

「妳叫我嗎，焰？」

聽了不可能聽見的人聲。

焰轉過頭。

「真是的。我明明叫妳們不要亂來。」

路特魯多確實就站在該處。

「路特魯——」

焰的聲音充滿了安心與喜悅，就要說出那名字。

然而說完之前，剩下的部分便哽在喉嚨中。

因為她清楚見到了走過自己眼前的身影。

「喔，因為還沒洗啊，還是髒的。」

殺戮的痕跡。

原本美如藝術品的銀色甲冑與純白罩袍，沾滿盜賊的血而變色泛黑。

雖然聲音聽起來平穩，模樣看起來卻彷彿嗜血的怪物。

「路特魯多，你這傢伙……宰了你！」

剛狼以眼睛看不見的速度振臂，衝擊波沿著強韌的爪子奔馳。

挾帶轟然巨響，衝擊波撕裂地面並衝向兩人。

威力足以粉碎民房。即便是金盾隊士也不可能抵禦。

焰即將陷入恐慌之際，路特魯多為了阻擋般上前。

就只是向前一步。

他並非擺出防禦的架式，也非閃躲，單純只是向前一步。

正當焰因為這行動而愣住時，強風捲起的沙塵遮蓋視野。

轟然巨響掃過耳畔，但衝擊並未襲擊她。

得救了。但這同時也意味著路特魯多挺身為她承受了攻擊。

八章「咬殺」

焰在沙塵包圍中，不禁想像路特魯多遍體麟傷的模樣。

都是因為我們……

悲痛讓她幾乎要吶喊之際，晚風吹進荒廢的村莊。

晚風洗去沙塵。

隨著視野恢復開闊，焰瞪大了雙眼。

路特魯多依舊站在眼前。

反射著月光的銀色鎧甲毫髮無傷，只有罩袍破裂。

原本以為已經得手的剛狼無法相信眼前情景，愣在原地。

「裝備和你們偷走的那些，水準可不一樣啊。」

語畢，路特魯多展開反擊。

他揮動劍槍後蹬地，一瞬間就逼近。

劍槍以肉眼無法判別的速度劈落，剛狼勉強反應過來，以左臂防禦。

長在手臂上的整排尖刺遭到擊碎，劍槍的刃陷進肌肉。

「才這點程度！」

剛狼振臂架開劍槍，立刻箭步逼近，揮出右臂擊中路特魯多全是破綻的軀幹。

硬物刮過金屬的尖銳聲音傳來，但路特魯多只是向後退了大概一步的距離。

雖然與剛狼拉開了距離，但這剛好是劍槍的拿手範圍。

路特魯多旋腰帶動上半身，自斜下方往上奔馳的斬擊斬斷了剛狼的右臂。

行雲流水般順勢將左臂也斬斷。

對準了已經無從防禦的軀幹，路特魯多毫不留情地刺出劍槍。

「嗄啊！」

發出了一如外表的野獸嘶吼聲，剛狼口吐鮮血。

目睹強者之間的熾烈戰鬥，焰啞口無言。

剛狼應該也是厲害角色，但是在壓倒性的強者面前束手無策。就算想支援，也沒有空檔，而且很明顯反而會礙事。

不知何時已經回到村裡的霍雷柯三人，同樣也只能遠觀。

「混帳！殺光了我的人，還不滿足嗎！」

剛狼對著渾身沾滿夥伴鮮血的路特魯多咆哮。

「我願意為此道歉。原本只是要趕跑，但見到無能的廢物掙扎的模樣，就忍不住興奮起來了。」

路特魯多將仍然刺在剛狼胸口的劍槍，連同其龐大身軀一併舉起。

剛狼擺動著已經變短的雙臂。雖然想拔出深深刺進軀體的劍槍，但他的雙臂早已掉在地上。

「不要啊，拜託放過我！」

雖然我方占壓倒性優勢，焰卻因為剛才的對話而納悶。

「我不會再反抗了！相信我！我之前不也一直聽你的嗎！」

八章「咬殺」

啊。焰知道自己的疑心成真。

「別擺出這麼悲傷的表情。我喜歡笑容啊。」

「你看！怎麼樣？饒了我吧！」

剛狼盡其所能地擠出了笑容，不過那只是強逼嘴角往上抬的僵硬笑容。焰已經見過同樣的表情。

「啊，真是美好的笑容。」

聽見那陶醉的語氣，焰清楚明白頭盔面罩覆蓋下的那張臉在陶醉中扭曲。

「——『咬殺』。」

短促低語後，無數的黑牙由內向外刺破剛狼的身軀。

剛才那句話，正是魔術的詠唱。

胡亂長出的尖牙向四周潑灑鮮血，血化作紅雨，朝著路特魯多當頭澆淋。

剛狼來不及慘叫就喪命，淪落為不忍卒睹的前衛藝術品。

「話說我還沒提過啊。我的名號是『咬殺的路特魯多』。聽起來很嚇人，我不太喜歡就是了。」

路特魯多揮動劍槍，將剛狼的屍體甩向一旁，方才撕裂剛狼身軀的黑牙化作塵埃而消失。

尖牙留下的傷口，焰同樣似曾相識。

焰以顫抖的說話聲，擠出了她得出的答案。

「原來……都是你指使的嗎……」

盜賊橫行的幕後黑手就是路特魯多。

「讓我們先聊聊吧。」

路特魯多以平靜的聲音說道，坐到他剛才拋棄的盜賊團頭目的屍體上。

「以葛德路西亞為中心，深植人心的『天賦異稟者應為凡人之盾』的信條。妳們不覺得那是種詭辯嗎？」

雖然如此提問，但他根本不期待回答似的繼續說下去。

「大家只是在假裝而已，其實人人都喜歡立於弱者之上。只是靠著保護弱者，沉浸在優越感中。然後弱者會找出更弱的人，沉浸在優越感中。為了維護秩序，美化醜陋的慾望而已。」

在個人能擁有強大力量的這個世界，若不宣揚嚴格的道德倫理，社會就會輕易崩壞，因此形成了不允許強者欺凌弱者的價值觀。

而路特魯多稱之為詭辯。

確實那只是為了守護秩序的詭辯，但也有人對教條秉持榮譽。並非所有人都以鄙視的眼光看待弱者。

焰雖然有種想反駁的心情，但是路特魯多扭曲至極的價值觀讓她納悶，一句話也說不出口。

也不知是否明白她的想法，路特魯多繼續說道：

八章 「咬殺」

「同時從客觀角度來看，世上絕大多數人都是弱者。成群弱者為避免正視自己那悲慘的人生，擺出笑容強迫自己覺得幸福。那努力的模樣真教人感動，我很喜歡。妳們不覺得很美好嗎？」

「你在……說什麼啊……？」

由於話題突然轉變，焰不禁困惑。

把他人當作可愛動物般玩賞的態度，讓焰產生難以言喻的厭惡感。

「焰，瘋子說的話別當真了。」

若是平常，焰應該會頂才子一句「妳是在說自己喔」，但現在不是這種狀況。

「唉……妳們也同樣不願正視事實嗎？我還以為妳們會理解啊。」

路特魯多神情遺憾地嘆息，對霍雷柯等人下達指示：

「霍雷柯、凱特、蓋爾。為懲罰你們的失誤，殺了這些孩子們。」

「咦……？啊，是！」

「擅自告訴她們盜賊團的潛伏位置，被她們跟蹤到這裡……你們害我多費了功夫啊。都是因為你們，這些女孩非死不可。這是懲罰，也是教育。自己的心思不周，可能害死別人。犧牲者也許是自己，也許是夥伴。細細品味自己的無能為力，並做好善後處理吧。對了，要留個活口……只要留下焰的性命就好。需要有人負責叫西格拉特過來嘛。」

為何是自己？又為何需要叫西格拉特？

焰說出這些疑問前，霍雷柯等人擋到眾人面前。

「真沒想到會演變成這樣。」

霍雷柯手持斧與盾，凱特是手杖，蓋爾則拿著名叫「鏈鎚」的武器，形狀類似在棍棒前端以鎖鏈連接巨大鐵球。

突襲也許還有辦法，但是要正面迎擊銀盾隊士的部隊並不容易。

然而對方似乎也因為人數劣勢而遲疑，沒有出手的徵兆。

一觸即發的狀況下，雙方只是彼此對峙。

就在這時，霍雷柯率先有所行動。

「凱特、蓋爾，你們明白吧？」

焰等人握緊了武器。

「明白。」

「喔！」

兩人附和他的叫喚。

他們就要發動攻擊了。

焰集中注意力，凝神注意對方的舉手投足。對手若是需要詠唱的魔術師，自己就有可能獲勝。相信刃她們會應付看起來擅長近距離戰鬥的霍雷柯和蓋爾，焰特別提防凱特的動靜。

「準備好喔，你們兩個……」

要來了。

下一個瞬間戰鬥就開始了。然而事與願違……

八章「咬殺」

三個人朝著完全不同的方向開始狂奔。

「快逃啊啊啊啊啊啊啊啊——！」

「哦哦哦哦哦哦哦！」

「喔！」

沒想到三人就這麼頭也不回地逃走了。

「和那傢伙打過還活著的傢伙們，我們怎麼可能打贏啊！」

拋下這句話，他們破壞了圍繞村莊的牆壁，消失在森林中。

「咦～……」

焰愣住了。

雖然有階級差距，但是一度與盜賊團的頭目交手並存活的事實，已經清楚顯示了實力高下吧。

「哎，雖然早就覺得他們遲早會逃走，但沒想到會是現在。」

路特魯多悠悠站起身。

那模樣看起來儘管毫無戒心，然而他渾身散發的死亡預感讓人完全不會湧現主動上前的念頭。

「路特魯多先生，剛才那句話的意思，我可以問嗎？」

「妳是說妳和西格拉特？其實也沒什麼複雜的。妳們之中最弱的不是別人，就是焰。為了變強而掙扎的妳的身影，緊緊抓住了我的心。果然妳也想立於弱者之上啊。」

聽他如此評斷，焰頓時動怒。

你懂什麼啊？

「我沒有這種想法。我想變強，是為了幫助別人。我只是為了活得像自己，為此幫助別人！」

回憶起逼自己尋死的傢伙們。

理所當然般踐踏別人的人生，還一副若無其事的樣子。自己不同於那種人。

雖然同樣是低俗的動機，但並非為了踐踏他人。

「果然妳和西格拉特有點像。自稱想成為強者是為了助人。嘴巴上說著不是因為義務而守護弱者，但同樣自豪地信奉那信條，美化這個世界。我現在立刻就讓你們現出真面目。」

唯獨最後那句話，暗藏著過去未曾顯露的野心。

「你要我叫西格拉特先生來，該不會就是……」

「是啊，就是為了引他過來殺掉。只要被比自己更強的力量擊敗，他就會拋下其他人而求饒才對。如此一來，才能證明那傢伙眼中和我看見的是同一個世界。」

「你瘋了……」

為了這種個人理由就放任盜賊團橫行，而且自己也意圖殺人。

「我不覺得你能贏過那個輕浮男就是了。」

才子大言不慚。

無論路特魯多有多強，也不可能勝過西格拉特。屠龍時展現的壓倒性實力，顯然更遠在

八章 「咬殺」

剛才路特魯多展現的力量之上。

「我也這麼覺得啊。」

雖然應該被說中痛處，但路特魯多的反應平靜。

「憑**現在的我**是沒錯。」

語畢，他取出了和剛才霍雷柯交給剛狼相同的小瓶子。

「這是人工創造魔物的咒藥。給了我這個的女人稱之為『魔王的咒血』。」

「魔王……！」

路特魯多首次提及了魔王。

眾人被帶到異世界的理由，也是應當打敗的對手。

「雖然是個單調無趣的名字，但正因如此，方便用來宣傳魔王重現。」

路特魯多摘下頭盔，喝下小瓶中的紅色液體。

「嗯，真難喝。」

他一如預料般地表達感想。

路特魯多一拋開小瓶子，異狀馬上顯現。

與盜賊團的頭目不同，路特魯多對肉體的變異不覺得痛苦。

不知單純是習慣痛覺，又或者是對魔王的咒血有適性。

「之前用無能力者測試有多少效果，效果相當顯著啊。我喝了想必連西格拉特都能超越。」

唯一暴露的臉龐長出了短毛，漸漸變得和剛狼同樣，稱得上是獸人的容貌。嘴部向前突出，嘴巴裂開，耳朵伸長變尖。雖然和盜賊團頭目同樣是狼一般的容貌，但路特魯多的狼臉五官工整到給人端正的感想。

體格雖然沒有戲劇性的變化，但是身材還是膨脹到原本穿著的鎧甲發出聲音而迸開。肌肉也只是稍微健壯幾分，乍看之下威壓感不強。

最後他的頭部長出了形似鹿角的雄壯巨角。漆黑的材質猶如黑曜石，有種藝術品般的氛圍。

變異為魔物的路特魯多並非剛狼那樣給人扭曲印象的獸人，而是能以「美麗野獸」形容的模樣。

但是暗藏於內在的是病態的扭曲慾望，真身是血腥的醜陋野獸。

「別鬆懈。遠比剛才還要強。」

刃已經感受到從外觀無法分辨的力量。

聽了她這麼說，焰等人更加提高警覺。但路特魯多毫不介意，打量著自己的身體。

「哦，不錯啊。我喜歡毛茸茸的動物。」

雖然他悠哉地表達喜悅，但眾人一瞬間都不能放鬆。

「那就稍微試一下吧。」

維持著悠哉的氣氛，路特魯多橫揮手臂。

「你──」

八章「咬殺」

在焰理解那行動的用意之前，地震般的震動與衝擊聲直撲五人。

聲音來自背後，眾人反射動作般地轉頭。

剛才還不存在的巨大物體矗立於該處。

自地面高高隆起，需要抬頭仰望的巨大物體，正是剛才路特魯多殺害剛狼時喚出的黑牙。

但是規模擴大到與剛才戰鬥展現的黑牙截然不同，形同輕易貫穿整幢民房的巨大尖塔。

「嗯～威力很難拿捏啊。」

大概是覺得不大順心如意，路特魯多歪過頭。

聳立的黑牙緩緩霧散，數秒後消失無蹤。地面只剩下被黑牙刺破的大洞。

「不過有這力量，就能剮下那傢伙的偽善臉皮。」

焰心中原本還有一抹說不定有機會獲勝的期待，但那份希望已經被絕望徹底掩蓋。

「我現在會先熱身，妳們能不能趁現在去把西格拉特叫來？對了，為了讓西格拉特願意拿出真本事，就先拿村民玩玩吧。」

五人開始奔跑。

不是朝著葛德路西亞，而是為了回到村莊要村人逃命。

「喂喂喂！我說刃大姊啊！妳沒看出那傢伙其實是壞人喔！」

「抱歉，徹頭徹尾的狂人很難分辨。」

「現在不是講這種話的時候吧！」

拿出就算心臟迸裂也要繼續跑下去的決心，跑在凹凸不平的道路上。一拔腿跑步就會發痛的側腹，現在焔一點也不在意。

好幾次因為樹根或草而險些跌跤，但焔憑著一口氣踩穩身軀。也許是因為不顧一切地奔跑，她們比想像中更早回到村莊。焔上氣不接下氣，胸腔痛得彷彿要被壓扁了。

一穿過村門，見到家家戶戶的窗口都透出柔和的燈光，和平的日常生活就在其中。雖然想要立刻大喊告知危險，但現在不只是喊不出聲音，況且根本不可能傳遍整村。

焔左思右想拿不出好主意時，才子毫不猶豫下令：

「普蘿特，用力敲響地面！」

「來了～！」

才子也沒說明意圖，但普蘿特二話不說接受提議，立刻付諸實行。揮落的戰鎚猛然撼動地面，震動隨即傳遍村莊。

「怎麼了？地面搖了一下喔！」

「有魔物嗎？」

吃驚的村人們紛紛自玄關探頭張望。

雖然是相當強硬的手段，但遠比大聲呼喊更能吸引注目。

八章 「咬殺」

「你們所有人通通聽好了！超危險的魔物正朝著這村莊過來！路特魯多和他的手下不在！我們也打不贏！如果不想死就快點逃！」

才子在聚集了注目後喊道。雖然聲音不足以響徹全村，但她大概是期待消息如同波紋般依次傳開吧。

只要告知眾人守護者不在，應該會產生危機意識。

才子雖如此料想，但村人只是面露狐疑表情。

「路特魯多先生怎麼可能不在？」

「與其逃出村莊，待在家裡比較安全吧？」

「果然殲劍隊盡是些不正經的傢伙。」

不只是對殲劍隊的不信任，對路特魯多的莫大信賴也成為阻礙，幾乎沒有人願意認真聽她們訴說。

至於半信半疑的少數村人，見到其他村人紛紛回到家中，也效仿其他人關上了門。

「這些傢伙們，天天被保護就和平到變笨了……」

強者有義務保護弱者，反過來說只要有強者在，弱者就沒必要保護自己。

他們想必沒有經驗過「只要有強者在」這個前提消失的情況吧。沉溺於自己的立場，絕不放下和平的日常生活這種幻想。

「發生什麼事了嗎，各位！」

「莉拉小姐。」

焰對著晚一些現身的莉拉解釋狀況。當然她沒有說路特魯多變成魔物，正要來屠殺村人。焰想避免莉拉陷入恐慌。

「其實出現了我們無法應付的魔物……莉拉小姐可以幫忙指示大家避難嗎？」

「如果是魔物，路特魯多先生一定會——」

「呃，剛才對村人也提過了，其實路特魯多先生現在不在村裡……」

「原、原來是這樣啊！要馬上告訴大家才行！」

雖然已經告知情況，但是麻煩有信用的人物代為轉達，應該比較能取信於村民。因為她不問霍雷柯等人的去向，同時也能窺見他們不受信賴。

如此一來，應該會有些人願意避難吧。只要有一個人採取行動，就會接二連三有人效仿才對。

在路特魯多抵達前，要盡可能完成避難。

思考著下一個辦法時，始料未及的人物從背後搭話道。

「妳們找我？」

心臟被一把握住般的感受。

「比想像中還早習慣啊。」

應該還有空檔，只是一廂情願的想法。

不同於完全無法動彈的焰，刃與普蘿特、都都美三人同時攻向路特魯多。

雖然只經過一瞬間的判斷就決定襲擊，但黑牙突如其來自地面竄出，擋住了攻擊。黑牙

八章「咬殺」

已經不同於剛才在廢村看到，成為大小恰巧能擋住自身的盾牌，而且寬度也充分。

刃扭轉身子踢向黑牙而向後跳開，普蘿特則是不管三七二十一使勁毆打，雖然發出沉重聲響，但黑牙毫髮無傷。

「來不及啊。」

「好硬！」

盾一擋下攻擊，隨即消散。

「雖然只是靈機一動，原來也有這種用法啊。」

他表示剛才一瞬間的防禦，只是臨機應變。

接下來他的防禦肯定會更加紮實，可以想見下次也會被擋住。

「莉拉小姐，退後！」

焰擋在莉拉面前，與路特魯多對峙。雖然她提振鬥志要挺身保護莉拉，但是考慮到實力差距，這面盾牌單薄如紙。

「這說話聲……」

然而莉拉因為魔物突然出現在村內，以及那魔物的聲音讓她聯想到路特魯多，因而百般困惑。

「嗨。是我喔，莉拉。」

雖然焰擋在兩者之間投以充滿敵意的視線，但路特魯多毫不放在心上，與莉拉對話。

「為什麼知道我的名字？還有那柄槍……」

「好無情啊，認不出是我嗎？我是路特魯多啊。之前不是一起喝過濃湯嗎？」

「騙人……騙人的吧？」

「是真的啊。而且接下來發生的事情也都是真的喔。」

語畢，巨大的黑牙刺穿了四周的民房。

四面八方傳來慘叫聲，半狂亂的村民爬出崩塌的房子底下。其中還有人搬動瓦礫，想救出家人。

緊接著，細長銳利的尖牙針對想逃走的村民攻擊。這些尖牙故意錯過致命部位，目的是為了造成痛苦。

「開始吧，各位！來對抗我、對抗『死亡』吧！悲慘地鞭策雙腳逃跑吧！」

他高聲喊道。

「這樣妳願意去叫西格拉特了嗎？」

一手打造人間煉獄的路特魯多挑起了咧開的嘴角。

「人渣……！」

對於無能為力的自己，以及極盡暴虐之能事的路特魯多，焰氣憤不已。

「請住手！為什麼要做這種事！」

莉拉推開了焰，衝上前去抓住路特魯多。

「離遠一點！莉拉小姐！」

焰想衝上去帶離她的瞬間，尖牙直逼向焰的咽喉。如果她多靠近半步，咽喉已經開洞

八章 「咬殺」

了。

「妳問為什麼？這不是理所當然的嗎？保護你們的性命只是用來滿足強者的私慾。而你們也安於弱者的立場，把庇護視為理所當然般接受，不是嗎？既然如此，當強者想滿足私慾時，你們也該坦然接受被踐踏的命運才合理吧？如果不願意，為什麼不試著變強？」

路特魯多抓住莉拉的脖子，輕易舉起她的身體。

「自己把人生交給別人擺布，只有不願意的時候才滿腹怨言，未免太一廂情願了吧？」

「不、不要……」

莉拉掙扎著想掙脫抓著自己的手。

「莉拉，露出平常的笑容給我看啊。我最喜歡那張笑臉了。」

因恐懼而泛淚的同時，莉拉努力挑起嘴角。

「啊，真是惹人愛憐到渾身發麻啊……同時也悲慘到讓人興奮。」

路特魯多隨手將莉拉拋出去。

淚珠飛散的同時，莉拉劃出弧線墜落。

那位置下方長著無數的尖牙。

「莉拉小姐！」

焰呼喚著被刺穿而不再動彈的莉拉名字。

「你這傢伙！」

普蘿特再度舉起戰錘，朝著路特魯多橫掃。

「該學會了吧？沒用的。」

不出所料，路特魯多喚出牙之盾。

焰以為同樣會被輕易擋住，那一錘卻造成了誰也不曾想像的結果。

在慘叫四起的村莊中，碎裂聲盛大響起。

普蘿特揮出的戰錘擊碎了盾。

「什──！」

路特魯多的臉龐第一次因為驚愕而扭曲。

沒有放過思考出現空檔的瞬間，刃衝了上去，將刀高舉過頭，自上段一口氣劈落。

火花迸射，刺耳的金屬聲響徹周遭。

「剛才有點危險啊。」

路特魯多在緊要關頭用劍槍擋下了。

兩人再度拉開距離。

「妳那聲音……不是普通的身體強化魔術吧？」

一如路特魯多所言，普蘿特的身體正傳出高亢的運轉聲。

普蘿特提過，當她發揮高於平常的力量才會發出這種聲音。雖然會變得更有力氣，但同時能量消耗也高，只有緊要關頭才會動用。

「很遺憾我好像是無能力者。這是你們低等生物無法擁有的科學技術結晶。」

「妳們果然有意思。」

理應無法理解普蘿特的來歷，但是與異質的存在邂逅，讓路特魯多神情愉快。
「普蘿特，在下配合妳。」
「沒問題。」
接下來，兩人攜手展開了由普蘿特破壞盾牌，刃趁隙攻擊的戰鬥。但是刀鋒一次也不曾觸及對方。
兩人都心知肚明。從旁看上去是勢均力敵，但路特魯多顯然在放水。對手只是在享受與弱者的嬉戲。
焰與才子趁這個空檔奔向莉拉。
「應該還沒事吧，才子同學！」
「還有一口氣。之所以無法動彈，主要大概是精神上的問題吧。」
她們將莉拉被刺穿的身體從尖牙上取下，平放在地面上。
正如才子所說，精神上的打擊似乎比起肉體損傷更嚴重。莉拉淚流不止，夢囈般地呢喃呼喚著路特魯多的名字。
才子將手貼到千瘡百孔的身軀上，開始詠唱。
「『月女神的慈悲啊，治癒受傷人民的身軀吧』——」
詠唱的同時，才子的手開始發光。那光芒漸漸擴展至莉拉全身。
渾身衣物染滿血漬，難以分辨傷口是否痊癒，但出血已經止住，治療大概成功了吧。
然而，她的雙眼依舊注視著空無一物處。雖然焰也想好好照料她，但現在沒有空檔只顧莉拉一人。

「我會四處治療傷者。妳回葛德路西亞，叫輕浮男過來。」

「怎麼可以只有我一個回去——！」

焰也明白才子的意思。在戰鬥上自己派不上用場，甚至讓愛好弱者的路特魯多特別中意。

儘管如此，只有自己獨自離開此處，感覺像是拋棄了才子她們，焰就是不願意。

焰也明白，唯一被路特魯多放過的自己應負的責任。

「況且，妳還有非活下去不可的理由吧？」

「我非活下去不可的理由……？」

才子擺出前所未見的認真表情，反過來凝視著焰。

唯獨自己擁有，非得活著離開此處的理由——

「妳還沒接受懲罰啊。」

「那件事還沒完喔！」

就才子所言，沒有完成懲罰遊戲就不能死。

當然焰也知道那是玩笑。

「妳會騎馬嗎？」

「從來沒騎過。」

「是喔，那就努力騎吧！」

「強人所難啊！」

背被才子使勁一推，焰向前奔跑。

都都美正等候時機。

她沒有刃那樣的敏捷身手，也沒有普蘿特那種力氣。自己能辦到的事情，頂多就只有灑毒氣。

就算有防堵攻擊的盾，也無法防禦毒氣。必須盡可能靠近，盡可能讓他多吸一點毒氣。

這時路特魯多正嬉戲般地應付著刃與普蘿特。

趁著對方不注意，都都美藏身於黑暗中，先張開翅膀。如此一來，隨時都能散布毒氣。

都都美也知道，光是這樣無法成為決定性的一擊。她回憶起剛狼。面對毒氣效果不彰的對手，有必要準備其他手段。

都都美毫不遲疑地將手中握的短劍刺進自己的胸口。

拔出短劍後，與血混合的汙黑液體沾黏在劍身上。讓器官產生的毒液直接附著於劍刃上。

機會僅有一次。

刃與普蘿特屢次進攻的過程中，特別冒險的瞬間。

她注意著刃的動作，直覺理解到那個瞬間到了。

唯獨一次，刃箭步上前時，逼近的步調不同。距離比之前更快了一步。

幾乎鑽進對方面前的一擊，不幸依舊被劍槍招架，不過肯定超出了路特魯多的意料。

「哦，剛才這一擊——」

就是現在。

都都美無聲飛躍。一面灑出毒氣，同時看準他的側脖揮落短劍。

「——還不差。」

然而那一擊並未命中。

路特魯多一面稱讚刃的攻擊，同時朝著背後的都都美喚出數根尖牙。

「嗚呃！」

雖然對疼痛感受遲鈍，但異物入侵身體的感覺依舊不快。

被尖牙刺穿的同時，都都美噴射出毒氣。

「真吃驚。夥伴中居然還有魔族啊。」

路特魯多一轉身，立刻將劍槍刺向都都美。

「不過毒實在有點棘手，麻煩妳離遠一點。」

語畢，他將都都美連人帶槍一併投擲。

高速飛翔的劍槍深深刺進了遙遠後方的教會牆面，將都都美釘在牆上。

「你竟敢把都都美……！」

八章 「咬殺」

普蘿特以渾身之力揮出戰錘。

那一錘不是為了破壞盾牌，而是為了一擊打扁路特魯多，灌注比剛才更強的力量，務求一擊必殺。

然而——

「沒用的。」

盾之牙再度自地面長出。那面盾比剛才更堅硬厚實。

沉重而劇烈的聲音響起，猛力揮出的戰錘被反作用力向後彈飛。

「打……不壞……」

「哎呀，這還不是全力喔。」

他嘲笑普蘿特的絕望。

同時舉起手臂，擋下了刃無聲衝上來劈出的一刀。

漆黑的刀身不只難以斬斷路特魯多的手臂，甚至連一道傷痕都無法留下。

「呃——！」

「焰好像也出發了，差不多也該收場了。」

路特魯多對兩人展露笑容。

焰拔腿跑向馬廄。

馬被豢養在靠近村莊正門的馬廄中，載著焰等人來此的馬車馬也在該處。

跑過村莊時，焰的視線理所當然不時地捕捉到痛苦呻吟的傷者。

罪惡感與羞恥彷彿要撐破胸膛。

懷著歉疚的心情奔跑，好不容易抵達馬廄時，焰目睹眼前的光景，不由得雙膝跪地。

因為村內發生的騷動，馬匹全部都陷入恐慌了。

「拜、拜託冷靜下來！」

焰咬牙撐起雙腿，跑向馬車馬。

焰當然不知道如何安撫馬匹。況且就算讓馬鎮定下來，她也不懂如何駕馭。如果改用自己的雙腿跑向葛德路西亞，便等同放任才子她們與村人自生自滅。

儘管如此，她還是拚了命想安撫馬。途中她突然注意到，後方不再傳來參雜著尖叫的戰鬥聲。她戰戰兢兢地轉頭一看。

於是，無力地倒在地上的刃與普蘿特映入眼中。

「騙人……」

不只如此。路特魯多的身影就站在四處奔走以治療村人的才子背後。焰下意識地衝了上

八章 「咬殺」

去。

見到痛苦的村民只是單純心痛而已，但是見到夥伴倒地的模樣，某種無以言喻的感情滿溢而出，驅策身體擅自動作。

「才子同學！背後！」

聲嘶力竭不過是白費力氣，連續施展治癒魔術而精神疲憊的才子幾乎毫無抵抗就被抓到了。

猶如捧起仔貓一樣，路特魯多用雙手抓起才子的身軀。

「啊，混帳。腦袋也不清楚了。」

才子連掙扎的氣力都不剩，甚至放棄一切接受了自己的死。

「焰，再給妳一次機會。可以快點去叫西格拉特嗎？」

抓著才子的雙手越來越用力。

「請放開你的手！」

雖然焰一度做好覺悟與敵人對峙，到頭來握杖的手還是在顫抖。

「坦白說除了焰以外，其他人都不重要。不管焰要怎麼做，不是殺掉就是玩弄而已喔。」

像是在告誡不聽話的孩子。

「看啊，就像這樣。」

路特魯多的雙手倏地使勁。

「嗄……！」

焰聽見了物體折斷的討厭聲響，才子隨之嘔血。

「妳不想死吧？不想死就快點掙扎，不停掙扎到最後。你們弱者除了丟人現眼沒有其他人生。」

大概是在妄想著才子掙扎的模樣吧，路特魯多愉悅地挑起的嘴角滴落唾液。

但是，才子並沒有順從到掙扎讓他玩賞。

對準了逕自沉浸在愉悅中的路特魯多的臉，才子吐出帶血的唾液。

「我的回覆收到了？」

她咧嘴一笑。

「……嗯，收到了。」

路特魯多更加收攏抓著才子的手掌，擠碎了她的手臂與胸膛。

「才子同學！」

才子不再動彈。路特魯多將她的身體如垃圾般捨棄。

在才子飛過半空時，只有一瞬間，焰與那張虛弱但依舊瞧不起人似的臉龐四目相對。即便在這般處境，依舊貫徹自我。才子如一團破布般滾過地面。

又來了。因為自己派不上用場，因為自己沒有拯救別人的力量。

重要的夥伴在眼前一個接一個被蹂躪。

永遠都是這樣。「不講理」總是出現在自己眼前，逕自滿足其慾望。

八章「咬殺」

難道就算死了一次，人生照樣要被「不講理」擺布、任其玩弄嗎？

「好了，焰，只有妳一個可以逃走喔。」

聽見這句話，焰腦中有東西倏地斷了。

「去你的……！」

第一次是自己的生命被奪走，第二次是夥伴們的性命被奪走。

永遠踏不出那一步，察覺的時候總是太遲。

如果不抵抗，什麼都不會改變。

「去你的……！」

不要。

我不要。

一味被奪走的人生，已經夠了！

「我再也不要屈服於『不講理』！與其屈服而逃走……我要燒了你！」

焰將所有的火焰送進手杖。

手杖前端點燃明亮火光的瞬間，大爆炸般的烈焰直撲路特魯多。

「這什麼威力啊……！」

可惜在被火焰吞噬的前一個瞬間，路特魯多察覺危機而展開了好幾重的盾之牙，那規模已經堪稱是牆壁。

儘管如此，壓倒性的熱量漸漸燒焦路特魯多的身軀。

「就是因為有你這種傢伙！世界才會需要拯救！」

雖然加護讓焰能抵抗炎熱，抵抗力還是有限度。焰的手臂已經突破了極限，漸漸被燒得面目全非。

盾狀尖牙一片接一片龜裂而破裂。

只要繼續下去就能殺了他。路特魯多落入單方面的守勢，讓焰這麼認為。

雖然置身攸關性命的戰鬥，焰的嘴角卻自然揚起。

儘管被燒爛的手臂疼痛，但焰更加強火勢。

就在眼前景色即將化作一片焦土時，火焰突兀止息。

「……咦？」

焰錯愕地朝下看去。

只見她的手臂已經因為嚴重燒傷而無法握住手杖。

「怎麼會！」

「剛才還真的好險啊。」

從碩果僅存的一片牙之盾後方，渾身焦黑的路特魯多**若無其事**般地現身。

不只是自己的手臂已然廢去，路特魯多所受的傷害也不若表面上嚴重，恐怕只有表皮燒焦。

雖然他那樣說，但是從語氣判斷，恐怕仍游刃有餘。

「妳剛才萌生了能贏的想法吧？怎麼樣啊？當強者的感覺。如果要說完全沒有快感，一

八章「咬殺」

定是自欺欺人吧？」

如此說著的同時，路特魯多的身體迅速治癒。

能力強化不限於黑牙，現在的路特魯多在治癒能力上同樣優異。

束手無策了。如果沒有手杖，就算全身點火，也只是把自己變成火把而已。

「不過，真沒想到妳這麼有本事。過去妳一直隱藏自己的強悍啊……對了，妳就是像這樣欣賞比妳弱的夥伴們努力掙扎，藉此取樂嘛。」

「不是！」

傳過手臂的劇痛讓焔完全無法動彈。

「但是，既然知道妳很強，我對妳已經失去興趣了啊。」

路特魯多以粗壯的手掌捏住焔的頸子。

「嗚咕！」

這次他恐怕不會再放過自己了。

脖子漸漸被勒緊，意識逐漸遠去。

到頭來還是這種下場。乾脆就這樣放棄算了。

漸漸模糊的視野中，映著路特魯多那充滿愉悅的笑臉。那張笑臉與死前目睹的情景彼此重疊。

以此為契機，令人生厭的回憶猶如跑馬燈般重回腦海。

焰從童年就受人忌諱嫌棄。

某一天，發生了眼睛著火的超自然現象。

在升上國小後不久，焰與母親大吵一架。事到如今，已經無法憶起吵架的原因。彼此憤怒得互相大吼之際，突然間視野的右側變得異樣明亮。之後她馬上就察覺，不只是亮而且還很燙。更晚一點，她才理解到自己身上著火。

「好燙！好燙啊！」

母親見到哭叫的焰而擔憂，但立刻轉為看怪物般的眼神。

那火焰遲遲沒有熄滅，燒傷了右眼周遭，同時也造成右眼的視力低落。

雖然也曾被同年級生取笑容貌，不過右眼冒火的傳聞會傳開，大概是母親不知對誰透露吧。

此後被捉弄的次數漸漸減少。另一方面，焰與周遭的關係越來越疏離。以前曾是朋友的孩子，不知不覺間也變成點頭之交。現在回想起來，應該是家長叮嚀孩子不要扯上關係吧——靠近就會被燒死喔。

「我才不是怪物！」
就算這樣說，也無人聽信。
於是焰徹底壓抑自己。面對私底下說壞話的人，表面上也和顏悅色，而且表現得禮儀端正。也試過積極幫助他人。為了剝除「怪物」的標籤而努力。
不願認為自己真的是「怪物」，盡可能不要對他人抱持敵意。
現在焰回想起來，代價則是隨之產生的龐大自我厭惡。
「因為我天生這樣……因為我不是好孩子……」
告訴自己，因為自己有問題，當然沒有資格對別人抱持敵意。
這樣的生活一直持續，到了高中二年級，事件發生了。
空屋失火了。
因為事情發生在深夜，通報時已經太遲，演變成波及周遭數幢民房的火災。雖然有兩人因吸入濃煙而受輕傷，不過其他人平安無事。
火災的規模雖不小，但死傷輕微，社會因此大為放心時，唯獨焰一人忐忑不安。
升上高中後，受到露骨排擠的狀況變得比較少了。取而代之的是，周遭旁人更是只維持表面上的往來。
只有點頭之交的人際關係中，罕見地有個女生大刺刺地攻擊焰。
「不要靠近我喔，我還不想死。」

現在焰還記得，她曾當面對自己這樣說。
而那女生正是火災的受害者之一。
「怎麼辦……絕對會被懷疑……」
不出所料，因為忍受不了霸凌而想殺人的謠言馬上就傳開了。
雖然傳聞中焰是忍受不了霸凌，但實際上因為那女生當面說壞話，焰也省得在意背地裡的部分，反倒覺得輕鬆。
當然了，班上同學不會知道焰的想法。
「身體會冒火的傳聞，果然是真的啊。」
「聽說她是態度看不順眼就想殺人。」
「她說『會冒火只是謠言』是騙人的嘛。」
「那種傢伙看就知道不正常。我早就知道了。」
火災與發火能力者。霸凌者與被害者。將沒有關聯的事實與事實彼此連接，只因為「聽起來合理」就自以為抵達了真相。
轉瞬間，謠言被當作事實看待。
過去還願意表面上維持交情的友人，接二連三態度劇變。
認定攻擊有其正當性，便公然辱罵焰。
焰再度深切體會，人類這種生物不管表面上如何美化，骨子裡終究是醜陋的野獸。
一旦火災的真相水落石出，大家都會明白焰的清白。焰如此期待，在真相查明前不再上學。只是要忍耐原本就冷淡的父母態度變得更加冰冷罷了，比起上學要好上幾分。

最後，警方查明犯人是附近的不良國中生情侶。據說原因是溜進空屋抽菸等。可能是因為菸蒂沒有捻熄，最後引發了大火災。

焰前往學校。畢竟雙方同樣一直都維持著僅止於表面的關係。其他人道歉，自己則原諒。應該會留下幾分尷尬，回到平常那樣淺薄的學校生活才對。但是走進教室後，難以置信的光景躍入眼簾。

大家都一臉友善的笑容。

每張嘴巴都發出言不由衷的謝罪與同情。這些都在料想之內。

出乎意料的是，在焰開口表示原諒前，眾人已經自以為得到原諒了。

「說了些過分的話，對不起。」

「我們也忍不住有些神經質了。」

「我本來就覺得那種謠言很奇怪了。」

貼著無謂的笑容的臉龐，發出這些言語。

他們過去沒有證據便誣蔑焰是罪犯、精神病、怪物，焰就連一個人都不曾原諒，眾人卻已經為了忽視自己的過錯而微笑，以虛假的笑容遮掩。

藉此連自己都欺騙，深信自己並非邪惡，屬於正義的一方。

那正是「不講理」。

目睹了超乎想像的醜陋人性，焰一陣噁心而衝進廁所。

將胃袋裝的東西全部倒進馬桶。身體顫抖不止。感到恐怖。

只要相信自己是正義，就能若無其事踐踏他人。一旦發現自己不屬於正義，就戴上虛假的善人面具避風頭。

頓時發現自己置身膚淺且殘酷的生物之間，破壞了焰的精神。

要快點逃離這地方。這個念頭浮現的瞬間，焰的雙手按住了廁所的窗框。

上下顛倒的校舍往下方墜落。

死前的瞬間，不管怎麼想都可以、怎麼想都沒意義的時間——

直到這時，焰終於察覺自己的真實想法。

「我想燒死那群人渣。」

八章「咬殺」

對了。焰頓時想起來了。

為何自己會想要以發火能力幫助他人。為何盜賊同樣是人，但燒死盜賊時幾乎沒有罪惡感。

因為自己想燒死人渣。

不是想證明自己不同於侮蔑自己的那些人渣，所以才想助人。

而是心裡本來就想燒死人渣。

發自內心深處，一直都想燒盡所有的「不講理」。

察覺自己真正的慾望時，焰頓時有一股與某個龐大存在相連般的奇異感受，那感受與她初次發火時相同。

「對了……」

意識轉為清晰。

儘管沒有釋放火焰，周遭的空氣卻已漸漸升溫。

「我就是想燒死你這種人渣……」

高熱的空氣翻騰舞動，掀起了焰被瀏海遮蓋的右眼。

「那眼睛……是魔眼嗎！」

被頭髮隱藏的右眼燦然發光。彷彿火焰寄宿於眼眸之中。

「我一直想燒光像你這種『不講理』……」

四周突然變得明亮。

「等等，這模樣是什麼！」

路特魯多驚愕的視線聚焦焰的背後，猶如陽光凝聚形成的光輪正放射刺眼光芒。

剛才嚴重燒傷而不再動作的手臂通體泛起紅光，下意識地抓住路特魯多的手臂。

面對眼前的存在，路特魯多甚至湧現了畏懼的念頭。焰正眼瞪向他。

「燃燒吧——————！」

懷著明確的殺意吶喊。

自手掌噴出的火焰包覆路特魯多全身，連同周遭空間一併灼燒。

「哈哈！到頭來還是這點程度嗎！」

路特魯多的身軀一被燒焦就開始治癒，就連被焰的手掌直接灼燒的手臂，也只是皮膚稍微燒焦的程度。路特魯多強烈的再生能力，更遠勝於焰的火力之上。

但焰未停止放火。

噴出的火焰越來越強勁，最後化為火焰的洪流。

「不管妳要怎掙扎——不，等一下，這是什麼火力——！」

路特魯多的表情不再從容。

剛才還能若無其事般治癒的燒傷，現在漸漸侵蝕他身軀。

焰的火焰不只燒灼表皮，確實連身體深處也漸漸焦灼。

以其壓倒性的再生能力也無法抗衡，最終火焰燒斷了路特魯多的手臂。

「咕嘎啊啊啊啊！」

八章「咬殺」

當手掌與身體分離之際，焰也重獲自由。

畏懼焰的火力，路特魯多幾乎下意識地向後跳。

「咕……區區一條手臂，馬上就能重新長出來——」

路特魯多啞口無言。

「這是怎麼回事！為什麼沒辦法治癒！」

被燒斷的手臂的斷口仍在燃燒，治癒魔術並未發動。

「混帳！是某種咒術嗎？」

「只是燒斷了而已。」

「怎麼可能這麼單純！況且妳那模樣又是怎麼回事！妳也喝了『魔王的咒血』嗎！」

「那種無聊的東西，我可沒興趣喔。」

像是要將慌亂的路特魯多逼入絕境般，焰平靜地否認，眼神參雜著冷酷與嗜虐，嘴角則在愉悅中挑起。

火焰燒斷路特魯多手腕，繼續侵蝕他的身體，整條手臂漸漸化作黑炭而瓦解。

「我不可能死在這種地方！我還不能死！我還要揭發這場骯髒幻想的騙局才行！我要讓沉醉在幻想中的那群騙子……」

「是喔？請你去死。」

焰的右眼更加綻放光輝，路特魯多被爆焰吞噬。

「嗚啊啊啊啊啊啊！」

現。

非比尋常的熾熱，讓路特魯多頹然跪倒。

「可惡！為什麼叫不出牙！」

路特魯多胡亂揮動剩下的手臂，絞盡力氣想喚出尖牙。但是剛才靈活運用的尖牙不再出

不只是治癒能力，就連牙的能力也不聽使喚了。

在焦土的中央，焰為了徹底燒盡眼前的「不講理」而施展力量。

不只利用盜賊，自己也殺害了村民。對這樣不顧他人的蹂躪，焰非踐踏不可。

「住手！別這樣，拜託了！」

烈焰纏身的路特魯多擠出了僵硬的笑容。

絞盡力氣鼓動被燒爛的喉嚨，發出自己過去再三貶低的求饒。

「啊哈哈！體會到了嗎！弱者的心情！」

焰識笑著，眼眸迸射燃燒的光輝。

在這瞬間，火焰爆發性地膨脹，化作將夜晚照得猶如白晝的巨人火柱。

「不要！我不想死——」

強烈的烈焰洪流轉眼間便將路特魯多徹底燒盡，連慘叫聲都來不及發出就消失無蹤。

聳立的烈火將周遭一帶映得通紅，轟然巨響撼動森林。

火柱隨時間變得越來越細，最後突然斷絕般消失。

夜空恢復黑色。

寂靜重回森林。

八章 「咬殺」

雖然就時間來看只是短短幾秒，卻已成為目擊的村民一生無法忘記的光景。
火柱消失之後什麼也不剩，灰燼已經被風不知吹向何方。
那就是路特魯多的結局。

戰鬥結束了。
「不講理」已經消失，威脅也不復存在。
那是不顧一切才贏得的勝利，即便是偽善，同樣成功救了人。
然而，剛才滿心想要燒光「不講理」的焰，心中沒有成就感，只剩下燒盡惡人的興奮。
焰雙腳踩在地面上，為了調勻呼吸而深呼吸。
讓餘溫尚存的空氣充滿胸腔，再慢慢吐出。
同時盡情品嘗火燒人體的氣味，四周搖曳的餘火讓心靈更加沉溺而無法自拔。
並非有什麼特別的目的。焰表情陶醉，自然而然步入火焰之中。
「啊哈！」
在火焰包圍中，焰笑了。

「咳咳！」

才子咳出了剛才流入氣管的血。

「啊～幸好保住了最後一絲治癒的氣力……」

剛才胸腔被路特魯多擠碎時，才子對自己施展了治癒魔術，千鈞一髮之際保住了性命。

雖然因為極度的疲勞和疼痛而一時昏迷，意識在戰鬥結束之後才恢復。

「手臂……還有肋骨，都還沒接上啊……好疼……」

傷勢並未完全治癒，眼前景物有些模糊。在那模糊的視野之中，焰站在該處。

方才逐漸模糊的意識依稀捕捉到與路特魯多對峙的焰。回想起這件事，才子尋找路特魯多的身影。

遍尋不著。

「不會吧……」

雖然難以置信，但唯一的可能性就是焰勝過了路特魯多。

證據就是焰正在眼前的遍地野火之中，欣喜地笑著。

「啊哈！啊哈哈！」

才子緩緩站起身。

用依然劇痛的胸腔呼吸，她還是試著跑向焰身旁。

八章「咬殺」

偶爾也該誇她一次。

「幹得好啊，焰！」

任憑嘴角不斷淌血，才子搖搖晃晃地邁步。

回應讚美般，焰跳舞似的一圈又一圈旋轉身子。

「那傢伙到底是有多嗨啊……」

才子如此嘀咕，欣慰地眺望這一幕。

這是眾人的初次勝利。距離討伐魔王還很遙遠，但確實踏出了第一步。焰也是因為這份欣喜而興奮不已吧。才子先是這麼認為——

「嗯？怎麼好像不太對勁？外觀也……那是啥啊？」

她的腳邊隨著飄然不定的腳步噴出火焰。

背後的光環也放射狀伸展，有所變化。

「啊哈！啊哈哈！超讚的！原來燒過的空氣這麼香啊！」

焰愉快一笑，附近的民房殘骸隨之被爆炎吞噬。

她的雙眼空洞無神，進入了忘我的境地。

「喂喂喂！盯著火看太久都恍惚了啊！」

一直盯著火焰看，人有時會進入名為「恍惚狀態(trance)」的意識狀態。使得潛意識浮現至表層，或是沉浸在陶醉之中。

焰並未回憶起重要的關鍵。

雖然自從眼睛冒火後受到環境壓抑，但她原本的個性攻擊性強，而且對火有所執著。
想燒光「不講理」根本的原因在於，當對象是壞人時，就能心安理得地放火。
「所以這片焦土是……！」
才子原以為是燒死路特魯多剩下的餘燼，但其實是焰當下造成的結果。
「喂！誰去阻止那笨蛋！」
她雖然吶喊，但村民們害怕不已，只能遠觀。
才子馬上掃視周遭，發現了刃與普蘿特。
普蘿特沒有動靜，而刃只抬起頭，隨後便搖了搖頭，看來似乎無法動彈。
沒看見都都美。
「混帳！只能靠我自己了嗎！」
硬是鞭策著顯然重傷未癒的身體，才子拔腿奔跑。
就算想揍她一拳，右臂依舊骨折。手邊也沒武器。
不，唯有一項武器。
才子朝著隨時間不斷擴大的野火中央全力奔馳。
雙腳燒焦，喉嚨灼傷。
但才子還是跑到了焰眼前，以沒折斷的左臂拎起焰的領子。
「吃我這招！天！才！頭！槌──！」
才子猛然讓頭顱後仰，隨即朝著焰的額頭賞了一記頭槌。

終章「焦土上」

終章　「焦土上」

The Devil's Castle, Burning By my flame the world bows down

「嗯～……奇怪？才子同學？」
焰睜開眼睛時，不知為何才子的臉就在眼前。
「終於醒了啊，妳這縱火狂。」
「縱火狂……？」
隨著才子的動作，後腦杓傳來一股衝擊。
看來自己剛才躺在她的大腿上。
焰撐起身子。
不只是後腦杓，額頭也發疼。
「妳啊，殺掉路特魯多之後，看火看到出神，放火燒村子喔。」
「咦咦！」
焰環顧四周。
焦土之上餘燼猶存。瓦礫與地面被燒得泛黑，空氣溫暖得不若夜間。
在場只有自己一人能操弄火焰，眼前這片慘狀必然是自己造成的。

焰臉色發白。也許自己在不知不覺間，傷害了無辜的人。

大概是明白她的擔憂，才子告知事實。

「放心啦，沒有人因為這樣受傷。」

「太好了……」

焰鬆了口氣。

「唉，該怎麼說……妳幹的很好。」

突然間，才子粗魯摸了摸她的頭。

率直的稱讚讓焰覺得害臊，不禁沉默。

自己的選擇拯救了許多人。才子的手掌傳來這樣的感謝。

「啊，對了。妳剛才背後出現一道光環，那是什麼？」

「咦？妳是講什麼……？」

「算了，當我沒問。畢竟沒人曉得超能力是什麼啊。」

究竟是在說什麼呢？回想起來，打倒路特魯多的記憶也不清不楚。

佇立於村內各處的礦石燈、天上灑落的月光，再加上餘燼一同照亮了村子。

被害似乎相當嚴重，死者好像也不少。

想守護卻沒守住的人依舊存在。既然為此心痛，表示自己並非純粹只是想燒光「不講理」而已，想幫助他人的念頭也確實存在。

但是，若問焰要將哪一邊的心情放在優先，已經察覺自己真實想法的焰會選擇前者。

終章 「焦土上」

「終於醒了啊，焰。」

「我們正為了善後辛苦工作，妳很大牌喔。」

「肚子……餓了……」

「大家都沒事啊！」

被破壞的民房的善後工作似乎告一段落了。刃與普蘿特、都都美三人聚集至此。

「剛才雙手雙腳全都開洞了。」

「本人因為衝擊使得機能短暫停止了。」

「我是真的差點掛了。」

「都都美……刺在教會……」

「刺在教會？」

雖然都都美的狀況讓人摸不著頭腦，不過現在沒事就算了。

焰不動聲色地坐到都都美身旁，摸了摸她的頭，同時以眼角餘光偷偷打量刃的反應，但她只是一瞬間擺出無奈的表情。很好，得到許可了。

「莉拉也恢復意識了。哎，不過要接受事實大概很困難就是了。現在正四處治療傷者。」

環顧周遭，包含莉拉在內的數名神官正在村裡各處治療傷者。

「這樣啊……」

路特魯多留下的不只是身家財產的傷害。

也有人心靈深深受創。

為了私慾而隨意踐踏他人，滿足慾望。

這種人絕對不能原諒。

「我決定了。」

焰站起身，宣言道。

「我要燒光『不講理』。我終於察覺自己的真正想法了。我真正想做的才不是幫助他人，而是燒光壞人。幫助別人只是其次，純粹為了自己而燒光『不講理』，我要為了自己，讓這個世界變得和平！」

「變得很敢說了喔。」

儘管暴露自己膚淺的真實想法，夥伴們依然接納。

這裡就是屬於自己的歸宿。

笑容自然綻放。

「好～！那麼接下來就盡量完成任務，多燒幾個壞人吧！大家也可以多仰賴我喔！畢竟我比大家都厲害嘛！」

話鋒一轉，焰得意忘形。

雖然是在半夢半醒的狀態下，但她確實打倒了路特魯多。

「要講這種話，先鍛鍊妳的意志力吧，至少要看到火也能保持理智！在那之前不要參加戰鬥，蠢貨！」

終章「焦土上」

「說得也是！」

才子使勁一拍焰的屁股。

「這樣的話，才子同學也不要再搞什麼人體改造了！要是被人家看見，絕對會被當成魔王那邊的人！」

「少囉嗦！總比無差別亂燒的妳要好多了！」

「我下次會注意，沒問題的～」

「我也不會在別人面前搞啊！」

「很難說喔。」

「想打架是吧？」

一瞬間的沉默後，兩人突然間跳起來抓住了對方。

雖然兩人同樣遍體鱗傷，但還是絞盡力氣，試圖逼迫對方屈服。

燒傷尚未痊癒的手臂與骨頭尚未完全接妥的手臂，毫不留情地互相角力。

「真是喔，感情好得跟笨蛋一樣。」

「兩個蠢材，想必一拍即合吧。」

「好像很開心……」

自然流露笑容。

像這樣能直截了當表達心中想法的夥伴在身邊。

光是這樣，焰就覺得得到了無可取代的事物。

和這群不正經的夥伴們，在這個亂七八糟的世界上旅行。雖然目前所見所聞盡是狗屁倒灶，但焰滿心雀躍。

現在她敢一口咬定——

這場旅程會很開心。

後記

初次見面，我是すめらきひよこ。

首先要感謝閱讀本書的各位。真的非常感謝各位。

能像這樣在此於各位傳達謝意，也是因為有各方人士的支持與協助才可能達成，我希望能在此簡述來歷，並逐一表示謝意。不同於小說正篇有點正經，不好意思喔。

首先，我是與貴志祐介老師的作品邂逅後，決心要成為作家的。自此時，我便由閱讀者轉向書寫者的一方。雖然從起心動念要成為寫作的一方，到實際著手動筆為止，也是經過好一段時間就是了……

身為讀者之際，自己總是只將注意力投注在作者身上。輕小說的話或許還包含了插畫家吧。但是當自己真的投身寫作，在「カクヨム」這個小說投稿網站開始投稿後，我深切理解到，要長期持續寫作小說，支持我的人們非常重要。

知道各位讀者覺得有趣，動力會隨之提升，和創作夥伴討論，也讓我得到對故事的諸多觀點。此外，寫作路上有夥伴同行，也單純讓我覺得受到拯救。

像這樣書寫至今，我在第27回Sneaker大賞這個大舞台，以本作得到了「大賞」，並且有幸得到書籍化的機會。

後記

在此感謝選擇本作為「大賞」的Sneaker編輯部的各位、長谷敏司老師、春日部タケル老師，非常感謝各位願意相信我的可能性。

過去只是「寫作者」的我，現在來到了「在商業舞台上寫作」的立場。在這之後我認識了更多形形色色的職業人士，這才了解到一本書的問世，居然需要這麼多人同心協力，讓我為之驚愕。

雖然失禮，但請容我大致介紹（後記篇幅不夠了！）

責任編輯的宮川夏樹編輯、插畫家Mika Pikazo老師、mocha老師、設計師草野剛先生、為本書製作PV的北村健先生、為PV錄製旁白的平野綾小姐、為本書繪製聲援插畫的三嶋くろね老師、憂姫はぐれ老師、製作3D模組的組長老師、在廣播劇中飾演焰一行人的遠野光小姐、菲魯茲・藍小姐、愛美小姐、東山奈央小姐、內田真禮小姐、飾演盜賊的坂田將吾先生、今井文也先生，其他還有負責校正與音響的專家、廣告相關人士、連動合作等各方面，以及許許多多的各界人士為我的作品盡心盡力，真的、真的非常感謝各位。

為了回報為本作付出的眾人，以及各位讀者的期待，我會誠心誠意並精益求精。

感覺好像寫了一篇正經八百的後記啊。

那麼接下來是有關《焰世》的內容。小心劇透喔！

這篇故事是個性非常強烈的一群女孩拯救世界的故事，但是沒有人為了世界而戰。有人打從一開始就覺得世界和平根本不重要，或是為了其他目的而順手救世，又或者只是為了自己。

所以說，焰她們雖然與邪惡為敵，但並非正義的夥伴。大家都很任性，但是在旁人眼中看起來像是正義——這就是焰一行人的個性。儘管不是偽善，卻也絕非善類。大概就是這樣……有點複雜吧？

順帶一提，第一集的副標題是「我放火燒了魔王城」，那不是代表第一集，而是第一集到最後一集，焰等人的旅程終點。

她們究竟經過何事，又懷著何種想法抵達該處？希望各位讀者就像和焰她們一起旅行般，體驗抵達該處的旅途。

順帶一提，這並不代表本作品已經確定會出版到最後一集，如果沒有繼續下去，就只會留下謎題。嘿嘿，我得拚死命以出續集為目標努力啊！

啊，後記篇幅用完了！最後還有一句話。大家，我愛你們！

祝《焰世》出版！

我是負責《焰世》的角色設計
以及擔綱繪製插圖的
Mika Pikazo。
《焰世》的角色
都是些惹人憐愛的孩子，
每次下筆、每次閱讀，
都會讓我覺得
「咦……？超可愛的！」
其中焰這個女主角是
我起初一邊煩惱
一邊設定的角色，
希望能為這樣的
女主角描繪出
更多的表情和場面～
今後還想繼續欣賞
焰的精采表現！
就寫到這裡。非常謝謝大家！

祝！《焰世》發售!!

感謝各位購買本書！

我是負責繪製插圖背景的mocha。

《焰世》從一開始就高潮迭起啊……
開頭就要畫魔王城爆炸失火的風景，實在是
非常罕見的經驗，相當愉快（笑）
我先畫了魔王城全景，然後再改成爆炸後的狀態。
畢竟如果連原本的狀態都沒有，未免太可憐了……
至於大改造的結果就是封面的背景畫。
誠心希望今後爆炸的威力也不會衰減，
成為眾人喜愛的作品。

在地鐵拯救美少女後默默離去的我，成了舉國知名的英雄。1~2 待續

Kadokawa Fantastic Novels

作者：水戸前カルヤ　插畫：ひげ猫

濫好人英雄的學園戀愛喜劇，愛情發展也很火熱的運動會篇揭開序幕！

雛海不知道自己的救命恩人正是涼，就這樣與他慢慢地加深感情。而時值眾人正在準備與他校聯合舉辦的運動會，名叫草柳的男人突然現身表示：「那天的英雄就是我。」得知草柳以恩人之姿積極接近雛海的卑劣目的後，涼為了保護她而在背地裡展開行動……

各 NT$260/HK$87

國家圖書館出版品預行編目資料

世界啊,臣服在我的烈焰之下吧. ep.1, 我放火燒了魔王城/すめらぎひよこ作 ; 陳士晉譯. -- 初版. -- 臺北市 : 臺灣角川股份有限公司, 2024.04
面 ;　公分
譯自 : 我が焔炎にひれ伏せ世界. ep.1, 魔王城、燃やしてみた
ISBN 978-626-378-773-5(平裝)

861.57　　113001906

Kadokawa
Fantastic
Novels

世界啊，臣服在我的烈焰之下吧
ep.1 我放火燒了魔王城

（原著名：我が焔炎にひれ伏せ世界 ep.1 魔王城、燃やしてみた）

2024年4月4日　初版第1刷發行

作者：すめらぎひよこ
插畫：Mika Pikazo、mocha
譯者：陳士晉

發行人：台灣角川股份有限公司
總監：呂慧君
總編輯：蔡佩芬
主編：林秀儒
編輯：邱璨萱
設計指導：陳晞叡
美術設計：宋芳茹
印務：李明修（主任）、張加恩（主任）、張凱棋

發行所：台灣角川股份有限公司
地址：104台北市中山區松江路223號3樓
電話：（02）2515-3000
傳真：（02）2515-0033
網址：www.kadokawa.com.tw
劃撥帳戶：台灣角川股份有限公司
劃撥帳號：19487412
法律顧問：有澤法律事務所
製版：巨茂科技印刷有限公司
ISBN：978-626-378-773-5